未读 | 文艺家

可不可以不努力

佐野洋子

sano yoko

作品集

がんばりません

UNREAD

〔日〕佐野洋子 著
吕灵芝 译

海峡出版发行集团 | 海峡文艺出版社

目录

跟各种人看电影

旋转一万次的洗衣机

总比死在溺爱中好

用说教下饭的日子

用说教下饭的日子

四个孩子围坐在被炉旁，父亲边喝二级酒[①]，边对孩子们说教。孩子们都要趁旁边的傻瓜不注意时偷对方的菜吃，父亲却有一份专门的下酒菜。孩子们为了一口纳豆你争我抢，父亲却不以为意地吃着他的酱烧鰤鱼。父亲一边用筷子夹酱烧鰤鱼，一边对孩子说："人最重要的地方就在于创意和钻研。弘史，你明白了吗？"弘史惊恐得头也不敢抬。"创意和钻研"这几个字常常在餐桌上单方面回响。

另有一句话也时常在羊栖菜煲和稀少的咖喱浇头上飘过，那就是："人类总是轻易相信印在纸上的东西。这是人类的坏习惯。洋子，你明白了吗？"我们一心只想着父亲哪天出去参加宴会，好轻轻松松地吃上一顿晚餐，然而父亲几乎每天都会随着夕阳出现，不声不响地走进家中。

---

① 日本政府为规范酒类市场，于1940年至1992年实行了酒类分级制度。凡是获准销售的酒类产品，都会根据酒精度和品质划分为特级、一级到五级几个等级。（本书注释若无特殊说明，均为译者注。）

然后，父亲留下四个未长大的孩子，就这么死了。

太可怕了。父亲吃饭时的说教并没有随他死去。本以为化作了耳旁风的话语，结果竟跟羊栖菜煲一样，组成了我的血肉。

只可惜，那些话并没有迎来盛开的时刻。所谓的创意和钻研，只停留在了针对冰箱里那些蔬头菜尾的范畴。

“对铅字印出来的东西保持怀疑”在我心中变成了“一切信息皆为虚假”并扎下根来。

父亲听到“那小谁是这样说的呀”的时候，就会大喝一声：“你亲眼看到了吗？”同时也把我变成了怀疑一切的人。面对任何信息，我都会首先贴上“传闻”“听说”的标签。与此同时，我又被深埋在信息的海洋里，依靠信息生存。人在现代绝不可能逃离信息这种东西。尽管不可能，我还是要想“哦？”“可是啊——”，始终无法对其尽信。就连电视上播放的新闻，也能通过对事实的不同串联方式表达出截然不同的信息。于是，当看着儿子坐在餐桌前大口咀嚼意面时，我总算明白了父亲为何要在吃饭时反复对我们说教。因为我也险些要喊叫起来了。

“你知道世界上最重要的是什么吗？是骄傲，骄傲！”我这个没有一事值得骄傲的母亲喊了起来。

儿子白了我一眼，抛来一句：“哼！装什么装！！”丝毫不见瑟缩的模样。

看来人类的本质全靠三岁以前跟母亲的接触来决定。看来孩子的淘气全根源于亲子关系。不，不对。是社会的扭曲都会表现在立场最为薄弱的孩子身上。不，这也不对。可是啊——

《小公主》与肉包子

我自己读的第一本“书”是《小公主》。安徒生和格林的童话都是父亲念给我听的，这些我一度很热衷，但是《小公主》却用一种截然不同的现实感给我留下了深刻的印象。《糖果屋》里的汉泽尔与格莱特的确苦于饥饿，可是小公主莎拉所表现出的饥饿却让我感同身受。之所以感同身受，是因为猴子顺着房顶给她送来的汁水饱满的肉包子，让我也十分嘴馋。在战后的大连，相比那些充满童话色彩的巧克力和饼干，我更需要的可能是动物性蛋白质吧。而且，我还对校长敏钦老师格外有意见。

我觉得她做错了。吃饭时，我对父亲说：“敏钦老师是个大坏蛋，莎拉一变成穷人，她就开始欺负她。别人变成了穷人，不是应该被更温柔地对待吗？”我理所当然地期待着父亲回答“对可怜人就该温柔一些”，可是父亲却说：“就算别人变成了穷人，也不用突然对他好。人类必须始终如一。”

我觉得父亲很坏。可能是六岁的我认为必须让父亲幡然悔悟，便在第二天假装自己昨天没说过那些话，又说了一遍：“敏钦老师是个大坏蛋。别人变成了穷人，不是应该被更温柔地对待吗？”父亲仿佛也忘了昨天的话，又对我说了一遍：“人类必须始终如一。”

到最后，我都没能让父亲幡然悔悟。

虽然不能让父亲幡然悔悟，但我依旧对莎拉的命运感到深深的同情，并和她产生了共鸣，看到钻石矿山出现的时候，我把那当成自己的事情一样高兴而满足。同样地，我也特别痛恨敏钦老师。

我把全文注音的ARS儿童文库反反复复看了许多遍，总期待着自己也能经历这样的幸福和挫折。事实上，在战后的大连，我们遭遇了莎拉全然无法比拟的残酷命运，可是，哪怕吸溜着高粱粥，我还是对莎拉满怀同情。现在想来，我应该是个尊崇父亲的人。可无论什么时候，我都没法从父亲那里轻易得到任何同情。

到了这个年龄，我开始想，或许没有什么东西能比同情心更残忍的了。

可是，在那段漫长的时光里，我始终用儿童书籍来培养着自己廉价的人道主义。可以说，我将整个童年都耗费在了这个行动上。

《小公主》是一本非常好、非常有意思的书。

同时，我认为父亲也是个了不起的人。

挂在天花板上的面条

曾经有一段时间，我们一家人居住在由兵营改造的、隔成一个个小房间的长屋里。

大门上没有镶嵌玻璃，而是糊着油纸伞用的黄色油纸，上面还有修补过的痕迹。

长屋的每一户里都挤满了孩子，即使是如此破败的家，每到傍晚也会展开大扫除，母亲像窃贼似的用手帕包住半张脸，气势汹汹地摆好架势。

父亲用带子扎起和服下摆，露出驼色的打底秋裤，连连呼唤孩子的名字，把孩子们吓得缩成一团，干什么都不合他的心意。家里只有一个十三平方米的大房间、一个六平方米的小房间，再加上五平方米的玄关，真不知道究竟要擦得多亮才能让他们高兴。旧年里最后一天晚上，餐桌上摆满饭菜，中间是一个笸篱，里面盛着荞麦面条。孩子与父亲围坐在桌旁，母亲则还在厨房里忙碌。

“快点儿！”父亲朝厨房吼道。

里面只传来母亲的答应声，但她并没有过来。

父亲突然掀翻了矮桌。

荞麦面和煮物在小房间里到处乱飞，四个孩子一声不吭。

我们默默拾起了煮物和荞麦面。

我不记得拾荞麦面的时候，父亲做了什么，母亲又对父亲说了什么。

也不知那天的晚饭究竟有多尴尬。

几杯日本酒下肚，父亲的心情好了许多，人也温和了不少，孩子们也凭借野兽般的直觉，恢复了各自该有的态度。

就在那时，我抬头看向天花板。

乌黑的天花板上挂着两三根面条。真不知道面条是如何飞到那个地方去的。

见此情景，大家都笑了。

父亲十分淡定。看见父亲淡定地笑着，我也放下心来。

新年第一天，天气格外晴朗。明明也有天气不好的新年，我可能一厢情愿地认定了元旦就该敞亮晴朗。我觉得，大家都抱有应该在元旦那天表现出来的心情。我一早起来就满面笑容，父母也都露出了元旦专用表情。不知是因为新内裤和新年穿的衣服让我产生了新年新气象的感觉，还是母亲穿和服的样子令我感到高兴，抑或是平时吃不到的年糕汤里放了能拉得很长的年糕，总之，连我这样的孩子都好像找到了平时不知藏在何处的、过新年用的心情。

明明记得前一年的新年也用过这种心情，可是再拿出来用，依旧有种崭新又怀念的感觉。

一想到那个连家都称不上的破烂房子也迎来了敞亮的元旦，我就能感受到父亲和母亲对新年的期盼。正因为有了旧年最后一天那场充满杀气的争吵，元旦才显得崭新而爽快。挂在昏暗小房间天花板上的面条，其实也是必不可少的元旦序曲。

清浊尽饮，说谎有理

母亲是个极顽强的人。用“健康”这个词也行，但我就是想说她顽强。她充满了开朗而吵闹的能量，熬过了战败撤退、多子贫困的时代，以至于父亲留下四个孩子去世时，小姨凑到我耳边悄悄说：“该不会是我姐把你爸爸的精气吸干了吧？”

母亲有句口头禅——“我真是个好人啊”。若是看着她那张圆脸，用天真无邪的声音笑着说出那句话，我便有时会怀疑是不是真的。若是脑子里没有那么一点儿鬼主意，她要如何从四十二岁开始当寡妇，并坚持到今天呢？我认为，即使是母亲的鬼主意也很了不起，绝不会有半句怨言。其中最让我感叹的就是，她时常教训还是个孩子的我：“若不清浊尽饮，怎能行走江湖？”见我朝她翻白眼，她又会加上一句：“你怎么就不明白说谎也有理呢？”

她还为此流过眼泪。

这并不是说母亲是个骗子，也不是说她靠欺骗他人维生。在我看来，她只是一个小市民，一个善良的母亲，一个顺从的妻子。中国人开车过来登堂入室，要抄我们家的时候，她让我们几个孩子站成一排，然后操着糟糕的中国话，一把鼻涕一把泪地哭诉："我丈夫战死了，我身上有病，家里又有这么多孩子。求求你们手下留情，你也是个有孩子的人啊。"她的谎言也仅限于此。于是中国人什么都没拿，就这么离开了。五分钟后，我们"战死"的父亲就从附近散步回来，哼着小曲儿走进了家门。母亲一定像这样无数次保护了我们一家人。父亲留下四个孩子去世，他在临终时一定经历了断肠之痛，所幸母亲是个顽强生存、充满气魄的母亲和妻子，他也就能放心一些了吧。父亲时常感染风寒，不是这里不舒服，就是那里不爽利，只能老老实实地躺在床上，对着天花板阅读书本。母亲几乎从未病倒。我们都觉得母亲像个天真自然、宛如太阳般的存在。

虽说如此，但母亲终归是个人，每隔几年也会染上一次风寒。此乃理所当然，也会让我们无比恐惧。我们并不抵触家务劳动，也不觉得叫医生很麻烦。只是父亲不在的时候，母亲的风寒极为可怕。若是发烧超过三十八摄氏度，母亲就会在被窝里奄奄一息地叫道：

"洋……子，洋……子。"好吧，她又来了。

我探头进屋，她用孱弱的声音说："去……去……去把大家……都……叫来……”

然后对着从我这个老大到四岁的小妹这样说：“你……们……都……在那里……坐好。”

于是我们必须在母亲身边一字排开，弟弟紧握着小拳头，双手放在膝上。

“要……是……妈妈……死了，你们要……好好……相处啊。”

虽然我们都不觉得母亲会死，但还是会流出眼泪。四岁的小妹甚至放声大哭。

我虽然觉得这一切都很蠢，但还是会颤抖着肩膀啜泣，并且用力点头。

我很想尽快从母亲的床前获得解放，但还是要一直忍耐着，直到母亲用平时绝对听不到的，仿佛下一刻就要死去的温柔嗓音说出：“好……了。你们……走吧。”

我想，如此过个两天，母亲是否就会恢复愠怒而充满活力的响亮声音，变得更像一个普通的母亲呢？

父亲在的时候，母亲从来不会让我们坐成一排，对我们说“等我死了”。可能她也觉得自己这样有点做作吧。

后来我就来到了东京，与母亲分开生活。

家乡的母亲当时已经成了未亡人，正在孤军奋战。我有点放不下心，但想到母亲的顽强和活力，我又很安心。

但是，母亲还是会偶尔变得极为消沉。

母亲有时会写信给我。信上的假名极为消沉、怪异，不仅很难辨认，而且还是老一套的“等……妈妈……死了……”这种做作腔调。那个教训我“说谎有理”的母亲在信中全然不可寻觅，反倒是一个新派舞台剧的水谷八重子一样的母亲跃然纸上。信的最后，她还会写上“母亲笔”。

若说哪里不对劲，那个新派水谷八重子似的“母亲笔”最让我意志消沉。我会因此产生自己是否不爱母亲的自责，所以每次都是匆匆读完，再也不多看一眼。

我们被充满活力的母亲养育成人，长大以后也万分感谢母亲的开朗和顽强。每逢姐妹重聚，我们都会感叹一番。

“不过她到底是怎么回事啊？感冒的时候总说如果妈妈死了，还有那些信……”

京都的妹妹捧腹大笑起来。我们异常热衷于分析母亲为何会突然陷入感伤，无论谈论多少次都不会感到厌烦。

“就算越长越像母亲了，我们还是没遗传到她那做作的演技啊。”我们彼此确认道。

前段时间，我身体不舒服，住院了。

我躺在病床上，盖着被子，心里想道：“小×（儿子的名字），要是妈妈死了……（我自诩比母亲更为知性，中间这段文字比母亲的台词更具文学色彩，内容格外冗长，最后这样结束——）妈妈永远都为你感到骄傲。”

想完，我就缩在被子里哭了起来。然而我与母亲还是有一点不同的。我的儿子根本不到病床边上来，而是趁妈妈不在家拼命贪玩。

妹妹来看我时，这样说道：“我之前吓唬过他，说你要是不多疼疼你妈，她可就要死了。结果你猜他怎么说！他说，不知我妈有没有买好保险啊。”

真的，这不能拿来开玩笑。

抽屉与骗人帽

我想，孩子不是单靠人的意志就能造出来的。

有钱人多数没几个孩子，越是穷人家孩子就越多。要是可以靠人的意志来造孩子，那无论穷人怎么愚蠢，在这点上应该也清楚明白才对。

我以前隐约知道结婚后要做点“事情”，而且我以为，人们只会在结婚那一天做一次那个“事情”，并且留下的种子早已算好了数量，或是一，或是七，或是十一。

所以我一直认为，家里之所以有这么多兄弟姐妹，与父母并无关系，而是由不可知的力量造成的。因为我曾经觉得父亲是个伟大的人，在这方面肯定不会出错。

无论怎么想，我的父母好像都对孩子厌烦不已。

父亲管兄长叫“兵六崽子”。我不知道“兵六崽子”是什么崽子，应该就是兄长那样的人。他还管我叫“抽屉娃儿”，因为我小时候地包天，下巴是凸出来的。

大妹在父亲那里得到了“脸盆妹”的称号，因为她的脸又圆又平。小妹外号“屁蛋”，因为她又小又黑，还不停动弹。

弟弟被父亲叫成“丸太狗”，父亲还编了首歌——丸太狗，家里转，出到外面汪汪喊。

我立刻有样学样，骂大妹“脸盆”，叫小妹“屁蛋”。

大妹被父亲说的时候一副认命的模样，只会低头不语，可是若被姐姐骂了“脸盆”，她就会气得瞪圆眼睛，泛着泪光反骂：“骗人帽！”

随着年龄增长，我的地包天渐渐恢复正常，父亲便挑出我头发向外卷的毛病，说我像骗子头上戴的鸭舌帽。

听到妹妹叫我“骗人帽”，我特别生气。父亲一直这样说自己的孩子，让我如何相信他希望我们来到这世上呢？

在那种环境中长大的孩子以后会变成什么样？屁蛋、脸盆和骗人帽面面相觑：“出生在那种家庭里，我们怎么会长成如此乖的孩子呢？”“我们的父母可真够厉害的，你说我们咋就没学坏呢？”

我们从心底里尊敬那个父亲。

父亲接二连三制造出一堆孩子，然后早早死去了。屁蛋当时差不多六岁。

我们一直认为，自己生活在普通家庭里，有一个普通的父亲，也以为世上所有的父亲都是这个样子的。不过，好像不是这样的。事实上，任何地方都不存在所谓普通的家庭。

只要凑近一看，满眼皆是异常。

我破坏了家庭。那是个单身母亲与一子的异常家庭。还有人说我这个人就是个异常的人。每到星期日，儿子就会一觉睡到大中午，想起床的时候才起床，翻着一双毫无知性与感性、依旧沉浸在睡梦中的白眼，走出来道上一声："饭。""我才不管你，想吃自己弄。"母亲盘腿坐在被炉前吞云吐雾，儿子则走进厨房。"洋葱在哪儿？""篮子里。""茄汁呢？""你明明知道。""培根和火腿，啊，找到了。等会儿我做好了你可别吃。"

"你别这么说嘛，让我也吃点儿。"

"我才不给你吃。"然后儿子在对面坐下，一言不发地吃起中午饭，此时外面传来邻居院子里的笑声。伸头一看，原来是两个女儿正帮父亲打理庭院，推着小推车运送泥土。父亲头戴草帽，脚穿长靴。"水，快浇水。""来啦。"可爱的女儿齐声应着，"啪嗒啪嗒"地跑过去。母亲打开外廊的纸门，端着红色盘子和保温瓶走出来说："过来喝茶吧。""哇——"又是一阵可爱的欢呼。我略感不安，担心此情此景会刺痛儿子。

儿子拿着汤匙，在玻璃门里喊了一句："妈，你快来看。""你瞧啊，理想的家庭，理想的家庭！好像电视上演的一样。太异常了。”说着，他又把汤匙插进满是番茄酱的盘子里。“那就是健全的家庭。那小谁的爸爸还说，太努力会搞坏身体，叫她不要学习呢。”“啊，那不是更异常了。”“你这孩子……”“我吃饱啦。”“你这孩子……”儿子的身影已消失不见。

随后，一个女人拎着装了睡衣和牙刷的抽绳包，唉唉叹息着走进门来。“哪儿有不幸的家庭啊，你说，你说呀，有没有比我还不幸的人啊。铃木家的儿子怎么样？”“考上志愿学校了。”“好讨厌，谷口家的出轨骚动呢？”“平息了。”“啊，为什么？”“哪有什么为什么。”

“算了，可是好无聊啊。我不喜欢那种如坠深渊、求告无门的不幸，但是很喜欢小小的不幸啊。邻居家的男人怎么不去出轨一下呢。”“人家才不会。上回他不是说了，走在路上见到一个很正点的女人，靠近了一看发现是自家老婆。”“你觉得这种事真的好吗？难道不异常吗？”“我说你啊……”

抽绳包女人的老公跑了，第五年才打电话过来，说只要五十万日元分手费就可以跟她离婚。

“你不觉得五十万日元太过分了吗？”“嗯……我觉得是不是你那个不行啊。干那事儿的时候，你不是会顶一块包袱皮嘛。”“因为我害羞呀。”“都在一块儿多少年了。”“十七年啦。”“你就顶了十七年包袱皮。”“是呀。”“太异常了。”“因为五郎是基督徒啊。”“哦，基督徒和包袱皮啊……所以你们没孩子？”

“嗯。”

孩子果然是靠人的意志造出来的。

血色芭蕾舞鞋

昨夜的风又大又冷。脏兮兮的报纸从我车头飞过，滴溜溜地打转。那让我产生了电影《红菱艳》的幻想，报纸摇身一变成为穿着破烂蓬蓬裙、流着血也坚持起舞的芭蕾舞者，激起了我对小学六年级时从东京转学过来的女生的回忆。因为“东京”这个词象征着神秘与优越，那女生一定是个皮肤白皙的美人，而且头脑聪慧，就算不聪慧也一定反应快。最让我们惊叹和佩服的是，她着实是个早熟的孩子。无论是高耸的胸脯还是腰部以下的成熟曲线都让我们惊叹不已，那高高在上、傲然世故的东京腔调也早已超越了“爱出风头”这种可以被无视的行为范畴。

她转学过来的第二天，穿着白色的蓬蓬裙和红艳艳的芭蕾舞鞋来参加为她举办的欢迎会，并“毛遂自荐”到讲台上跳了《红菱艳》。男孩子只会嚷嚷“好厉害，好厉害”，彻底忘了要给转学生“一个下马威”的传统。那是我有生以来头一次看到蓬蓬裙和芭蕾舞鞋，而那双芭蕾舞鞋像血一般鲜红，使我这个女生也心动不已。我是一介乡下人，无法判断她的芭蕾舞具有多么高的艺术性，但她的表演比我不久前看的芭蕾电影《红菱艳》更具魄力。这可能是因为女生当时躺倒在讲台肮脏的黑板前，鲜红色的芭蕾舞鞋连着雪白浑圆的小腿，横陈在与我只有咫尺之遥的地方吧。

后来，她一直是我们的女王。毕业远足的时候，她站在滨松的站前广场，用华丽的东京腔对我宣言："你虽然看起来活泼调皮，但那不是真的。真正活泼的人就算不说话也活泼，你不说话的时候连我都会感到寂寞。"

我不知道那是对我的非难还是夸奖，只感到心中一阵悸动，充满了甜甜的餍足，也留下了永不愈合的伤口。随后，她仰起扎着马尾辫的头，看着车站门口那块巨大的雅马哈钢琴招牌对我说："你有钢琴吗？"

"没有。"

"到时候啊，你要让fiancé（未婚夫）给你买钢琴。"

我只在书上读到过"fiancé"这个词，从不觉得那是现实中使用的词语，顿时感到一阵强烈的空虚和羞耻。我那年十二岁，预感到她将来定能遇见能够以"fiancé"这种浪漫词语相称的人，而我则会碰见古板老实、像土豆一样的男人，配不上"fiancé"这个称呼。

我的富士山是牛扒

我在北京生活到懂事，在大连上了小学，后来撤回山梨，在静冈读完了小学，又在清水读完了高中，之后便一直住在东京。

我不知故乡何在。

住在山梨的深山里时，我问父亲："富士山是山梨县的还是静冈县的？"

"一边一半。"父亲说。

"那山顶呢？"

"山顶是静冈的。"

当时我住在山里，得知山顶不是山梨县的，心里非常失望。

我在山梨从未看见过富士山。可是，我在北京倒是画过富士山的画。富士山是从未见过其真容的孩子笔下描绘的山。

后来，我搬到了静冈。当我知道富士山右边还连着一座小山时，顿时感觉那不是真正的富士山，很想把它削掉，打造成小时候从未看过富士山的我画笔下的模样。可是，我又产生了真实的感觉，知道那个有一座小山突出来的富士山才是真正的富士山。一天，我在清水的高中田径场上创下了一千米的纪录。当时我在长袖针织衫外面套了短袖体操服，穿着灯笼裤在二百米跑道上跑了五圈。许多粗腿、长腿、短腿、大屁股和小屁股都在跑道上飞驰。

我用正面看见富士山的角度定位了一圈的起点。

富士山上覆盖着厚厚的白雪。

第一圈，富士山依旧是平时的富士山。富士山今天真白啊。

第二圈，富士山还是威风凛凛。

第三圈，富士山开始上下颤动。富士山，你有点奇怪啊。

第四圈，富士山开始左右摇摆。

我闭着眼，双腿发颤，脖子已经架不住呼哧带喘的脑袋，但还是拼命奔跑。

第五圈，富士山变成了黄色。

黄色的富士山悠悠地上下左右晃动着。富……富……富士山，你……你……你怎么了？

后来，富士山从黄色变成紫色，我被地面埋没。

除了那一次，我从未见过黄色的富士山。

如果在学校里玩要到傍晚，夕阳有时会把富士山映照成粉红色。富士山一变成粉红色，我就莫名悲伤，渴望与人接触。

十六岁那年，我对家里有两个孩子的二十八岁的历史老师沉迷不已，在我旁边把胸脯架在窗棂上眺望粉红色富士山的朋友则迷恋着下巴凸出来的生物老师。

我们念的是女校。如果恋爱了会做些什么？什么都不做，只是呆呆看着正在指导社团活动的老师。富士山被映照成粉红色，我们心中只有悲伤，并肩走在田埂上回了家。

走出家门，顺着大路往下走到片山家，富士山就在他们的屋顶上舒展着身体。

四岁的妹妹说："富士山要从片山家的屋顶爬上去哦。"

天气晴朗的日子，在东京总能看到远处有约一厘米高的富士山。"啊，看见富士山了，快看快看。"儿子仿佛得了什么恩宠，兴奋地大叫。

"呵，你好可怜啊，竟然为这种小事高兴。告诉你，我的富士山足足有五百克的牛扒那么大呢。"我忍不住在心中说。

我在能看见富士山的地方住了八年。

少女小说对人类做了什么

我上小学时，少女小说是人们口中的恶俗书籍。

少女小说中有继母登场，坚强又不幸、美丽而聪慧的女孩子会被命运捉弄，不得不忍受各种迫害，最后得到幸福。少女小说里没有情色，只有美丽的女音乐老师被少女们奉为“紫水晶之君”。有人得肺病，富人家的女孩使坏，出身贫寒的生母也会登场。我特别热衷于看少女小说，恨不能与主人公同生死共命运，而母亲却用看脏东西的眼神骂我“无聊”。所以，我会在夏日傍晚套上木屐，去书店蹭那里的少女小说看。

我用一只脚撑着身子，另一只脚踩在那只脚的小腿上，累了就把两只脚换过来。等到书店老板马上要来赶人了，我就离开那里前往下一家书店。在黄昏的黑暗中，唯独书店亮着煌煌的灯光，那让我联想到少女小说中的不幸，顿时心生悲戚。母亲说得没错，少女小说可能真的很无聊。

我一点内容都没记住。

少女小说带给我的只是快乐而已。

悲痛的命运是快乐，人的不幸是快乐，少女小说就立足在女人本性的原点之上。可是少女小说也给我植入了卑劣感。因为无论在哪本书里，都找不到把男孩子从树上拽下来、把内裤露在外面、蓬头垢面的女孩配角。连小说里的反派都是有钱人家的大美人。不仅如此，我还会与小说中受到欺凌的女孩子一心同体，因而性格变得十分扭曲。每次母亲对我大吼大叫，或是抬手要打时，我就会立刻变得像少女小说中的主人公附体一样。仔细想想，这也是少女小说给我带来的乐趣之一。若是家里的男孩子哭着跑回来，我这个容易被少女小说主人公附体的人就会特别忙碌。然而，少女小说的主人公都美丽温柔优雅，哪怕读上几十本，唯独这点毫无改变。因此我也会忍不住担心将来，自己真的能像这样活下去吗?

少女小说中没有情爱，但是隐含着甜美和官能的预感。读来可以预测，唯有那样的少女才值得被人们所爱。这不仅是预测，班上还有那么一两个俨然少女小说主人公般的同学，男孩子都会去拽她们黑亮的头发，把她们惹哭。漂亮的女孩子垂下雪白的面庞和浓密的头发，静静地哭了起来。她们哭泣的模样好似少女小说里的插画，充满了魅力。至于我，哪怕被男孩子左右开弓扇巴掌，也只会摇晃着一头乱发，瞪着眼睛怒视对方。当时的我明白，对那些男生来说，拽美少女的头发跟扇我巴掌是两种不同的行为。拽头发是表达爱意，但打我不是。然而被欺负的人无法开口定制欺负自己的方法。

后来，我就不再读少女小说了。不过少女小说里的少女长大成人，又一次出现在了我的书中。

她们都美丽而顺从，令人不得不敬服。（我通过书籍知道了恶女这种人，可是恶女都有着凌厉的美。）

哪怕在西方也一样，无论是书本还是电影都大同小异。臃肿的脂肪和丑女的日记会令我感到不愉快，若电影里没有美人，我就无法获得满足。

正因如此，直到长大成熟，我也一直认为恋爱只属于美丽温柔的女孩子。

大学二年级时，我与一个身材高挑、相貌英俊的男孩子在多摩川约会。不知是芦苇还是芒草的杂草在夕阳下反射着光芒，太阳渐渐西斜，我身边坐着英俊的青年。

青年不知是因为落日而感伤，还是心里早有打算，他搂住了我的肩膀。

那本该是历史性的一刻。

可是那一刻，我脑中涌出了书本和电影里的美丽女人与英俊男人的恋爱场景，忍不住笑得前仰后合，怎么都停不下来。

历史性的一刻逝去了。

我跟有点不高兴的青年一道，沿着芒草反光的河岸走了回去。

唯独美丽的女人才能出现在恋爱场景中，这种强迫症似的想法迟迟没有离开我的脑海。

可是，没有恋人的只有我一个。我身边的女孩子都有一两个恋人，甚至有人吸引了二十五个同学的热恋。

那个女孩子虽然个子很矮、皮肤黝黑，但我从她身上看到了少女小说主人公的气质。男生们一定也迅速察觉到了那种气质。

我成了一个纯粹的观察者。曾经有个套着男式橡胶长靴，头发快要盖住眼睛，目光极为凶狠的女孩子。有一天她突然扔掉了塑料长靴，没过一阵还穿着孕妇装摸着肚子画起了素描。她把头发修剪整齐，穿着纤薄漂亮的孕妇装，成了令人惊叹的美少女。

竟然有男生透过橡胶长靴和男士雨伞看到了她的美少女本质，我真是佩服不已。

她挺着肚子站在画架前写生的模样很像安杰利科修士的画作，也很像上乘的少女小说，或乔治·桑笔下爱的精灵。

“哦——”我感叹道。

曾经有个被别人叫作“小不点儿”的小个子女孩。在我眼中，她是个少女一般孩子气的人。她曾经躺在草地上，摸着脖子上那个约有两厘米大小的疙瘩说：“我喜欢这个疙瘩。”那个疙瘩长在纤细的脖颈上，显得极为怪异，我可能一直对她心怀同情。

“我男朋友很喜欢它。”

我又“嗯”了一声，世界变换了有点扭曲的样子向我挤压过来。少女小说的主人公绝对不会遇到这种事。

我猛然醒悟：现实远比小说更为戏剧。

仔细想想，这真是一条漫长的道路。

我读了太多少女小说。

它会永远洞开吗

小时候，我明明没碰过钢琴，却想成为一名钢琴家。那个时候能学钢琴的人，都是有钱人家的可爱女孩子。

后来，我又想成为芭蕾舞演员。

我明明没见过芭蕾舞鞋长什么样，却练起了足尖站立。

再后来，我想成为歌手。

进入变声期，我无法在音乐课上唱出跟大家一样的歌声，被旁边的男孩子用粗哑的声音埋怨："你好好唱啊。"

我真的好好唱了。

我等待着，将来我定能拥有美丽的嗓音。

可是那个将来始终没有到来。

不仅没有到来，大学时，我只是哼一哼歌，女性朋友就会尖厉地大叫："快停下！"我至今无法原谅那个女人。

有一天我去看电影，满怀感动地走出了电影院。跟我一起去的家伙在吹口哨。"那是什么？""主题曲。"而我根本没听见音乐。刚才看的那场电影实在过于优秀，所有要素浑然一体，我无法单独把音乐挑出来倾听。只把音乐挑出来，就像只把咖喱里的肉块挑出来一样离谱。我很想这样认为，可我还是有种不祥的预感，仿佛我的人生出现了一个大洞。

可是，正如我们无法得知走在路上的人肚子里有没有盲肠一样，这种事只要我不说就没有人知道，没有必要特意说出来。于是，我决定永远不告诉别人音乐是我的空洞。

那段时间，我还跟朋友去过刚刚开始流行的摩登爵士乐咖啡厅。走进店里，我感觉自己被关进了收音机里，周围特别吵，朋友们却一本正经地闭着眼睛，做出类似抖腿的动作。不时有人高傲地讲解什么MJQ[①]，而且往周围一看，所有人精神萎蔫，还顶着一副“老子跟别人不一样”的表情瞪我。

那对我来说是一段痛苦的经历，而且感觉万分虚假。

或许当时的约会套路就是一同去听古典音乐会，人们个个打扮得花枝招展，轻手轻脚地走到座位上，周围一片寂静，偶尔会响起一两声咳嗽，仿佛实在难以忍耐。我绝对没有勇气咳嗽，因此会暗中庆幸无人找我约会。

最令人痛苦的是一种强迫观念——音乐会结束之后，走在日比谷公园里，还不得不陈述对音乐会的感想。在我眼中，古典音乐会化作一男一女正在做某种事情的光景，宛如

① MJQ，指现代爵士四重奏（The Modern Jazz Quartet）。

幻灯片一般闪过。勃拉姆斯是一片晴朗的外国原野，周围开满了鲜花，美丽的男女在上面奔跑打闹。《命运》的开篇感觉就像一个高大的男人把女人打倒在地。就这样，我的青春结束了。我与音乐渐行渐远。应该说，我没有音乐也活下来了。

一次我正在开车，打开了车载收音机。听着听着突然坐立难安，并对自己的车技产生了怀疑。当时我意识到，那一刻我生活的节奏与我无意识中倾听的音乐节奏并不合拍。

说不定这是存在于我体内的、只属于我的音乐。我决定把它当作无人发掘的金矿。而我当时还年轻，还有许多事情想做。开采金矿并将其精炼出来可是一项大工程。现在，它可能还沉睡着。等我上了年纪，无事可做的时候，我再来面对它吧。

勤劳而坚强的人类啊

羞耻的事

我做过许多羞耻的事，其中有两件尤为羞耻，我决定带到坟墓里去，不会在这里说出来。

别的可以说说。比如，我怀孕时正值迷你裙全盛时期，而我又是个浅薄的女人，明明肚子一天天凸出来，我还是让裙子越来越短了。一天，我走在新代田七环的人行道上，旁边的汽车司机竟看着我坏笑着开走了。我当时不觉得那是坏笑，还以为是友善的笑容。

于是我走得更得意了。

可是那个微笑太漫长了，我顿时感觉回头看一眼比较好。于是我回头一看，贴着内裤边缘的超短裙里竟然露出了裹腹带，还在地上拖了两米之长。

太丢人了，但那不是真正的丢人。

我站在电车门口时，一个看起来就不怎么像好人的中年男人死死盯着我的下半身，还时不时背过脸去。我从未在电车上碰到过痴汉，每次听到朋友说这里被摸了那里被摸了好讨厌啊，我心里都会特别焦急。

我恨不得赶紧被痴汉光顾，好扭着他的手质问“你要干什么”，或是扭着身子悔恨“肯定是我哪里不小心了”。

电车快停下了。那人会不会朝我走过来呢？来了，来了！他凑到我旁边，贴着耳朵低声道：“你拉链开了。”随后便如疾风一般离开。原来他是个绅士啊！当时好羞耻，不是因为拉链，而是因为无人知晓的心绪。然而，这也不是真正的丢人。

一天，我的编辑声称要带我去见一个特有地位的老师。信上写着××王子老师。我瞬间联想到了骑着白马、年轻英俊的王子殿下。于是，我一大早去美容院做护理，穿上出席特殊场合才穿的黄色连衣裙，捧着花束登门拜访了。编辑领着我走进一座可疑的灰色小楼。嗯，王子肯定是微服私访来了。打开门，一位满脸皱纹、举止优雅的老太太走了出来。房间里堆满了书本，优雅的老太太给我们倒了茶。

微服私访的王子必须有一位如此优雅的侍从才对。不过王子怎么还不出现啊？

老太太往我面前一坐，歪头笑了。

编辑对我说：“这位是××王子（tama）老师。”

老太太说道：“幸会，我叫××王子（tama）。”说完又对我微微一笑。

我暗自羞愧不已，又暗自手足无措。但这只是单纯的先入为主罢了。

曾经，父亲的女同事在玄关说："我来拿 'canna'。"我想，一定是单位的门窗出了点小问题，需要到就近的员工家里拿一把刨子过去修理，便从架子上找到刨子，拿到玄关恭恭敬敬地递了过去。

女同事瞪大眼睛说："不，我要的是 'canna'。"我也瞪大了眼睛说："这就是 'kanna' 没错。""不，是美人蕉的球根。"① 我愣愣地想了好一会儿，才反应过来。

然后，我满脸通红地用报纸包了父亲事先挖好的美人蕉球根交给那个人。这件事也算不上丢人。

我二十岁就开始戴隐形眼镜。

当时很少有人戴隐形眼镜，这让我有种偷偷去做了隆鼻手术的愧疚感。我只把这件事告诉了最好的朋友，并且拒绝让她盯着我的眼睛看。

一天，我去展览会，一个嗓门大出了名的女孩朝我走了过来。

我暗道不好，朝后缩了一些，没想到她隔着十米之远就对我大吼："佐野同学——听说你戴了隐形眼镜啊——"我忍不住紧紧贴在了墙上。

---

① 美人蕉学名"canna"，其日语发音与刨子（kanna）相同。

她一边喊着“让我看看”，一边走过来，用力抓住了我的肩膀。我不情愿地挣扎着，肯定还用尚未适应隐形眼镜的眼睛翻起了白眼。

结果，世间罕见的隐形眼镜就这么掉了。当时可真是羞耻啊，趴在展览会场满地寻找隐形眼镜的羞耻……那个大嗓门的女孩竟然笑着说：“哈哈哈，原来隐形眼镜还会掉啊，哈哈哈。”太可恨了。然而，我的羞耻心在岁月的涤荡下也渐渐长成了厚脸皮。

有一次在高速公路上，我突然来了尿意。于是我走下车，爬到一个小山坡上，对着眼前的道路，仰头看着蓝天，感叹世上竟有如此爽快之事。

就在那时，几辆观光大巴排着队开过，所有人都看着我。

那个小山坡的高度足够让我与大巴上的观众目光纠缠。

后来，我经常思考人类的视野。

羞耻这种感觉好像是百分比的问题，是民族习惯的问题，并没有绝对的根据。

有的民族会光着屁股并排撒尿，还有的民族会在腰间装饰高耸的男根袋。

学生时代，一个爱漂亮的女孩子有一本文库版的《布里格手记》。

我被布里格这个名字吸引了。

我说："借给我。"她说："你怎么不自己买？"

如果当时地上有个洞，我真想躲进去，再继续往深处死命挖掘。因为就算掘地三尺，我也找不到买书的钱。

后来我去打工，用第一笔工资买了弥生书房里尔克全集里的《布里格手记》。

我彻底得意忘形，几乎得意忘形了十年。那套小小的紫色里尔克全集，便成了我书箱中最宝贵的东西。

这太羞耻了。

我心中得意忘形，却无论如何都无法对任何人诉说自己为里尔克而得意忘形。热情消退之后，我还是为曾经喜欢过里尔克而感到羞耻，无法对人诉说。

或许，因为这是纯粹的只关乎灵魂的问题。这与裹腹带从内裤里滑出来完全是两码事。如果全世界的人都读过《布里格手记》，那么我将为全世界感到羞耻。

灵魂的问题本就隐秘，无法光明正大地摆在书架上。

无论过什么样的生活，都不是羞耻。

唯独把灵魂摆在书架上，才是无上的羞耻。

诗人难道都不会感到羞耻吗？

尤其是那些畅销书诗人。

那是一个天气特别晴朗的文化日[①]

刚结婚那会儿，我住在砂浆墙的二层公寓里。

一个十平方米的房间附带一个五平方米的厨房，如果有人走外侧的楼梯上来，就能听到“哐当哐当”的声音。

文化日那天，隔壁新婚夫妇的房间里大白天就传出了奇怪的声音。我把壁橱里的棉被全拽出来，悄无声息地爬进壁橱，还对跟在后面准备爬上来的男人压低声音说：“杯子，杯子。”男人拿着酒铺送的杯子，又爬了上来。

杯子不怎么管用。

那是一个天气特别晴朗的文化日。

第二天，皮肤白皙而优雅的邻居夫人在铁楼梯上对我彬彬有礼地说：“昨天真是对不住呀。”

“啊？”我惊叹一声，瞪大眼睛看向天空。文化日第二天的天空无比蔚蓝。

① 文化日是日本国民节日之一，呼吁“爱好自由与和平，推动文化发展”。——编者注

又一个大白天，我待在房间里，外面楼梯上传来缓慢而不规则的脚步声。过了一会儿，脚步声在我家门前停下来，接着传来了犹豫的敲门声。

我打开门，一个戴着漆黑眼镜、手执白色手杖的中年大叔捧着带绳子的小箱子站在外面，两手微微颤抖。

“你要买牙刷吗？”

“啊，我家够用了。”

“还有橡皮筋。”

大叔屁股坐在狭窄的玄关门口，瞬间就用颤抖的双手解开绳子，打开了箱子。里面装着几小捆橡皮筋和一大堆廉价牙刷。

“买点牙刷吧。”

“那个，我家已经有了。”

“你瞧，我眼睛不好，运气也不好。”大叔的手在我眼前又颤抖起来。

“家里放点橡皮筋也挺好啊，只要三百日元。”

他用高得惊人的价格出售少得惊人的橡皮筋，让我也忍不住颤抖起来。

“我知道价格有点高，这个我明白。因为运气不好啊，就万事都不顺遂，我老婆一直卧病在床呢。”大叔颤颤巍巍地揉了揉紧闭的眼睛。

“我只想让她吃点有营养的东西，真是太没出息了。”

“那个，你家还有孩子吗？”我忍不住问了一句，这是我的坏习惯。

“有几个年纪还小的男孩子。”

后来，我抓着两捆橡皮筋和三把牙刷呆站在玄关前，彼时已经把他的家庭情况打听得清清楚楚了。

“大叔，以后会走运的。男孩子长大了特别可靠。”

大叔看着我下了重大决心拿起的橡皮筋和牙刷，不知为何有点不太满意，仿佛少了那么点儿感激之情。

“大叔，你小心，楼梯很陡。”

大叔用颤抖的手拿起白色手杖，摇摇晃晃地拖着脚步，缓缓走下了楼梯。他那个样子，仿佛一阵风就能吹倒。

过了一会儿，我坐上了巴士。就在巴士要发车时，一个粗野有力的声音从外面传了进来。“停下，停下，给我停下！”只见一个精壮的男人飞快地跑了过来。他顶着通红的脸跳上巴士，用白色手杖撑着身子，一边喘气，一边大声指责司机。“你没从后视镜看到我在朝这里跑吗？你以为后视镜是干什么用的？”他双眼圆瞪，浑身散发着力量。

“这不是那个大叔吗？”我大吃一惊。

在大吃一惊的同时，我慌忙挤到了巴士后面，以免被大叔看见。我只觉得碰上面会很麻烦，虽不明白到底能有什么麻烦，总之就是很麻烦。我像罪人一样偷偷摸摸地背过身，一动都不敢动。

过了一段时间，我在楼梯上碰到了邻居家的夫人。那位夫人穿着孕妇装，双手轻轻地放在肚子上。

我慌忙移开了目光。

“卖橡皮筋的大叔到你家去了吗？”

“来过了。”

“你买了吗？”

“没有，我老公说见到上门推销的不要开门。”

我又瞪圆眼睛看向了天空。

不知为何，那天的天空也无比蔚蓝。

昨天，我读了杜鲁门 · 卡波特的书。书名叫《给变色龙的音乐》。

当中有一个短篇题为《琼斯先生》。那是一个很短的短篇。

纽约布鲁克林有一家旅馆，里面住着腿脚不灵便、戴着墨镜的琼斯先生，他平时一步都不离开旅馆。有很多人来找他，作者认为他一定是那种融合了牧师与医生角色的人。十年后，作者在莫斯科地铁里再次见到了琼斯先生。他没有戴墨镜，而且站得笔直，大步走下了地铁车厢。车门“咔嗒”一声关上了。

我想起了那个卖橡皮筋的大叔。

勤劳而坚强的人类啊

田宫君一喝醉酒就爱把什么东西都摆直。他先把桌上的香烟摆直，然后隔着一厘米摆上与香烟平行的火柴，要是别人想碰香烟，他就会由衷惋惜地挤出“啊啊”声，死死盯着别人的手说：“赶紧给我放回原处啊。”然后，他自己坐在吧凳上，摇摇晃晃地盯着烟灰缸，反复将它重新摆正，嘴里还念念有词地说：“有点歪了。”接着，他踉踉跄跄地走着曲线离开酒吧，“嘿咻”一声蹲下来把门边的脚垫摆直，随后呼扇着两手跑向隔壁门口的脚垫。就算是没喝醉的时候，他也是个风格细致的平面设计师，哪怕只有零点一毫米的误差也会让他浑身不适，这让我这个三厘米甚至十厘米误差都不为所动的人感到惊诧不已。

大竹君早上五点半起床，打开家中所有的挡雨窗，然后急急忙忙按下电饭煲开关，接着开始洗车，然后再做什么就不晓得了。不过大竹君家里有十七口人，母亲、哥嫂和保姆都住在里面，没有人强迫单身的大竹君做事。他比谁都早到公司，夏天会脱掉长裤只穿一条大裤衩，冬天则露出套在长裤外面的毛线护腰，开着吸尘器轰隆隆地打扫。他一次能画四五张图，其间还顺手做了会计的工作，甚至还会记阴阳账本。

谷山先生租了一间三居室的小区住房作为工作室，每天在厨房里吃早饭，然后提着便当走进半步就能到达的隔壁房间，中午在距离夫人不足七十厘米的地方吃便当，然后就走进房间里，下午六点前都不再现身了。当然，除了上厕所。通宵工作的时候，他会在工作间里铺上小睡用的被褥，绝不会跑到只有七步远的夫人的被窝里去。这都是他夫人说的，所以绝非谎言。

我的小姨一看洗澡水烧好了，就会催促一家七口人以少于一分钟的间隔快速洗澡。因为她绝不允许重新加热洗澡水。我偶尔到她家去，就变成了第八个洗澡的人，要在更衣间脱得精光，瑟瑟发抖等着前面的人出来。小姨总会小心翼翼地打开包装纸，然后对准四角叠得整整齐齐，凡是绳子都会卷成一个大球，而且装了好几个大球的盒子旁边，还堆着一摞白色广告纸。

山下小姐每次到家里来做客，都会分秒不差地按响门铃，一秒钟也不提前，一秒钟也不推后。如果她要迟到五分钟，就会事先打电话说："对不起，我要迟到五分钟。"然后分秒不差地迟到五分钟，既不多迟一秒，也不少迟一秒。听说山下小姐在做某件事情时，如果不小心打翻果汁弄湿了手提包，就会停下那件事情，光着身子走进浴室洗手提包，完事以后回来继续做那件事情。这是跟她做那件事情的人亲口说的，所以不会有假。

朋子小姐每次出门旅行时，都会定下九点开始的日程，只要有个十五分钟的空闲，就会用投币洗衣机洗衣服，提前查看地铁与巴士的乘车时间，连两分钟都不会浪费，晚上九点回到酒店就打包行李，早上九点拿去邮局窗口邮寄。就算发烧了，她也要趴在床上给自己插好退烧的肛门栓剂，嘴里喊着“没事没事”，出门去逛美术馆。

佐藤君会趁妻子睡着时跑去洗衣服，用手洗胸罩，卷起晾干的内裤，按照颜色整齐摆放在衣箱里。如果妻子问：“哎，开司米毛衣在哪儿啊？”他马上就能回答：“在二楼衣箱第三个抽屉里，右边上数第二件。”

要是洗衣机坏了，他还能把它拆开，自己制作零件更换，因此一台洗衣机已经用了十二年。

宫子小姐每次用完粗布抹布，都会一块块消毒漂白，熨烫平整。家里的砧板分为蔬菜用、鱼用、肉用，按照大小顺序排列。喝水与喝啤酒要用不同的杯子，家庭账簿上哪怕出现了十日元的误差，她也要像银行职员加班一样黏在书桌前寸步不移地算清。

啊，人类啊，男人和女人啊，他们是何等勤劳而坚强啊！他人的勤劳和细心，令我目瞪口呆。

生活明明永无止境，人们却在那无尽的长河中严于律己，甚至堪称病态地保留着自身的个性。就算别人不来管理，自己也会管理自身。

夏目漱石曾经写道：“无言的玄境，放肆的安静，不努力的想象（宛如云峰突起、自然消散），无抵抗的放任，无目的的静卧，安于消极的倦怠。”

他还描绘了一个男人，在细长的纸面或布面上画了一丈四方的格子、两棵树，点缀上山和云，静坐在其中。莫非这便是理想的隐士生活？

漱石一定也是个极为勤劳的人。他有时会因自己的勤劳和守矩感到疲惫，便用更为精细的笔触去描绘呆然而无所作为的无言玄境。他对生活的种种都要做出精细的安排，甚至紧张到罹患胃溃疡，心中却梦想着怠惰的清闲。不愧是明治的文人，果真了不起。

我从一开始就不具备高阶的哲学素养，因此十分羡慕那些在新宿地下通道席地而眠的大叔。

我呆呆地坐在餐桌前，盯着家门口的芒草一看就是两三个小时，连动动眉毛都觉得麻烦。我想，要是地震来了我才不跑，可我还是不得不整理架子上的东西。如果要将什么东西摆直，我就会坐立不安。自己明明都整理不清楚，一走进儿子的房间却要大发脾气，气愤地叫嚷："这条内裤是怎么回事？你这杯子在这儿摆了多久？你是猪吗？猪都知道到点起床。"我毫不勤劳，所以憧憬勤劳，也盼望儿子能够成为一个勤劳而坚强的人。

要爱惜物品，不能给浴缸装太多水，更不能装太多了赶紧拔掉塞子放水，放太多了又往里面加水。不用房间就不能开暖气，不准忘记关灯，不准扔掉冰箱里的东西。

工作要赶在时限之前完成，约定的时间要遵守，脏东西要赶紧拿去洗。最后精疲力竭而死，这就是人的生活。

然而，我还是羡慕新宿地下通道里的大叔。或者，如果我能终日躺在南国海岛的阳光和大海之间，只要抬手就能摘到木瓜，也不用督促孩子写作业，不一会儿孩子也躺了下来，抬手就能摘到木瓜，如此走过一生，那也很不错。或许正因为我生在这个所有人都要勤勤恳恳精细认真的文明国家，才会梦想那样的生活吧。大竹君，你还会在每天五点半按下电饭煲的开关吗？佐藤君，你还会卷起妻子的内裤吗？我也会认认真真把牙齿内侧刷干净的。

不想接近的人

兄长学走路时，曾经走丢过。母亲当时面无血色，跑到警察岗亭，发现兄长被警察叔叔抱在腿上，吃着一大碗炸豆腐乌冬面，还边吃边哭。我也好想走丢，被领到警察岗亭去吃炸豆腐乌冬面。我不记得父亲和母亲是否用“你这样我要叫警察来把你抓走”威胁过我，然而，等我长大一些了，却会这样威胁妹妹。如果妹妹不听从我的命令，我就会拔掉被炉台的插头，对着插头说：“喂，你好，是警察叔叔吗？我这边……”这样一来，妹妹就会哭着扑向我说：“对不起啦，对不起啦。”这个主意真是太棒了，我不禁暗自微笑。

我参加小学组织的修学旅行时，曾经偷过一个价值三十五日元的胸针。从那天开始，我就特别害怕警察叔叔突然走进教室，拿着手铐来抓我。我为此疲惫不堪，甚至在路边见到警察叔叔，都会吓得几乎晕过去。从那以后，我就一直遵纪守法。

长大成人后，我对社会结构依旧生疏，甚至从未积极思考过警察是“国家权力的打手”或是“走狗”。但我也绝没有想过警察是危急时刻能够挺身保护我的强大伙伴。

可能看多了刑侦电视剧，每次看到警察“砰砰”敲着桌子威胁犯人，我就条件反射地想到小林多喜二光裸的尸体①。我非常害怕那个声音，如果我成为犯人，肯定瞬间就招供，然后立刻被拉去枪毙吧。如果可能，我会竭尽所能不去靠近警察。我想一辈子远离警察，直到我死去为止。

妹妹在公寓独居时，家里进了贼。

她惊慌失措地打电话来告诉我，所有工资现款和存折都被偷走了。“你有多少存款？”“一百四十万日元。”“一百四十万日元！你竟然有一百四十万日元，哇，一百四十万日元欸。”

我对一百四十万日元的震惊甚于妹妹家里遭了贼，暗道这小妮子不声不响竟然存了这么多钱。尽管如此，我还是用最快的速度赶到了妹妹的住处。

公寓门口停着警车，妹妹屋里站着警察。警察是个中年人，站在十平方米房间的正中央，仔仔细细地查看着周围，然后问道：“嗯，您这间屋子真不错啊，请问浴室在哪里？”我看他这个样子，似乎并不关心一百四十万日元的去向，反

---

① 小林多喜二是日本无产阶级文学的代表作家，长期参与社会运动，坚持写作，于一九三三年被特高警察逮捕，当天死于刑讯逼供。警方对外宣称其死于心脏骤停，家人领回的尸体却伤痕累累。

倒在为走进了年轻女性的房间而感到得意。“您不提取指纹吗？”我希望他能像电视上演的那样工作。

“取是可以取。”警察往衣箱上拍了一点儿貌似爽身粉的东西，也不去找指纹，而是不太高兴地说，“您这儿还有钢琴啊。”他应付式地取了两枚指纹，然后就走了。“那家伙靠不住，你还是放弃那一百四十万日元吧。”我就是对“一百四十万”日元这个数字念念不忘。看来，正如医生对感冒患者提不起兴致，警察也对小偷缺乏热情。

不过女警倒是非常热情。我选择停车五分钟，第六分钟时走回停车的地方，她也要不依不饶跟我纠结那多出的一分钟。这简直就是正义本人穿上了警服。都给我记着，女人是正义的伙伴。我骑着摩托车停下来等红灯，一辆白色警摩拉着警笛开过来，上面的警察极其无礼地质问我：“停车干什么？”“因为是红灯。”“哦，是吗？”那人什么意思啊？应该向我道歉吧。

我没看见禁止右转的信号灯，不小心右转过去，竟然来到了警察岗亭门口。毫无疑问，警察兴高采烈地拉响了警笛。我只能点头哈腰，一个劲儿地道歉。我也明白有时候可以糊涂，有时候不能糊涂，于是只能一个劲儿地道歉，点头哈腰。“你有急事吗？”“我光顾着赶约定时间了。”“约了什么？”“吃饭。”“在哪儿吃？”“大仓酒店。”“大仓酒店啊，嗯，看来您真高贵啊。”这话说得有点多余了吧。可是我很害怕，担心此时如果触犯了警察，搞不好要被带回警署去听他拍桌子，于是只能埋头道歉。那已经不是单纯的道歉，而是卑躬屈膝的讨好了。

一天夜里，警察突然从黑暗中冒了出来。“请出示驾照。”我忘带了。我这人容易认命，便放弃了挣扎。可是在警察面前卑躬屈膝好像是我的习性，于是我抱起旁边的孩子脱口而出：“你看，是警察叔叔，好帅啊，是不是很像‘假面骑士’？”“假面骑士”警察说：“今天先放过你，回去路上要小心哦。”什么意思啊？被警察放过的欣喜与希望他忠实履行职务的愿望令我混乱不已。

一次，我因为超速被关到了警察用隔板隔开的小房间里。墙上贴着一张海报，上面写着：成为市民爱戴的警官。

警察走进来，满脸笑容地搓着手问我：“您工作怎么样？”我有些吃惊，莫非这就是得到市民爱戴的诀窍吗？超速的是我啊。此时，有个男的大喊大叫着被带进了隔壁房间。“那……那是干什么？”我不禁兴奋起来，满以为那是个杀人犯。“没什么，他就是喝醉酒把人家酒吧的门给砸了。”等隔壁安静下来，又传来了另一个警察的声音。“您工作怎么样？”我没听见那位砸了酒吧大门的善良市民如何回答。

一天，路上有一辆开得慢悠悠的警摩。我超了过去。对方可能觉得路那么宽，我这是没事找事，立刻拉响警笛开到我旁边来了。

“我说你啊，我开了八年警摩，这还是头一次被人家超车。你超了一辆警摩啊，知不知道？”

“那个，我在车里挥了挥手，您没看到吗？我只是想问路。”

其实我也没指望这个借口能管用。

“下车。”警察打开摩托车后面那个泉屋饼干盒一样的东西，从里面拿出了地图。各位读者，原来那个白色盒子里装着地图啊。

“跟我来。”警察跨到摩托车上，拉响警笛。我竭尽全力地跟在他后面。两边的车都停了下来。完全不用管红绿灯的感觉真爽。这下我明白一旦开过警摩就停不下来的心情了。可是，这样真的好吗？

如果我是个绝世美女，那个警察可能会带着我一直开到天涯海角。结果，我脱口说出了本来不打算拜访的朋友的住址，被领到了并不打算去的朋友家，还跟朋友喝了杯咖啡。

我并非没有把警察当成日本国民，因为我从未见过金发碧眼的警察。可是我从未有过与警察产生共鸣的心理准备。

光是看到警察，我就会吓一跳。而我明明什么坏事都没做。那些警察用海报呼吁“成为市民爱戴的警官”，但也会在山路上竖一个假警察的板子，专门吓唬人。

怎么样，这可是警察叔叔，你肯定吓了一跳吧。当局对此清楚得很。

读高桥和子的夜晚

“喂，你怎么想？”

拿起电话机的瞬间，住在下高井户二丁目那座晒不到太阳的公寓里的麻里子就缠上了我。怎么想？她要这么问，我的想法可就多了去了，于是我放下读到一半的高桥和子，哪怕是夜里十二点，也坐直了身子问道：“什么？什么？”

“听说清当上高管啦。”

清已经不是十二岁的少年，而是成熟人士了。

“然后啊，他的年薪也超过了 × 千万日元。清说啊，毕竟都是高管了，养一两个小妾也毫不奇怪。你说他过不过分？太过分了，我才不是小妾。”麻里子嘤嘤地哭了。

“等等，清说的小妾肯定不是那个意思，他的意思是很爱你啊。而且你啊，总是容易被话语玩弄，丢失了它本来的意思。”

“什么嘛，小妾就是小妾。什么意思啊，我还是结婚得了。我觉得现在这种生活根本没有保障。”

“那你怎么会觉得结婚就是保障呢？你之前不是已经有过一次失败的婚姻了吗？结婚保障不了任何东西，这你应该最清楚才对啊。”

“这次我会好好做。”

“再说了，你去找清谈婚论嫁，这也太异常了。你都这样了，清管你叫一声小妾，你有什么好哭的。”

“为什么异常啊？你说，为什么？”

“真是的，你别太过分了。”

“你说啊，为什么？”

“烦死了。对了，当上高管真的能拿×千万日元？”

“是啊，你怎么想？我说：‘你偶尔带束花来也好啊。’你猜那男的怎么说？‘花放几天就枯萎了，那是浪费钱。但是如果你想看，我可以带你去后藤花店看。要我等多久都行，你就只管尽情闻花香吧。’你觉得这是年薪×千万日元的人说的话吗？”

“唔……清主意还挺多啊。”

“你怎么想？上回我喊他，还碰了一下西装，结果他竟推开我的手，说这样西装会沾到油，如果我想摸，就脱了给我摸。然后还真的脱了。”

“哦，全脱了？”

“不是啦，就是脱掉外套剩下衬衫。然后我就摸着衬衫喊他，你猜他又说什么？他说别只摸一个地方，会磨薄了，如果要摸就把所有地方都均匀地摸一摸。”

“哦，然后呢？”

“要是换成你，被人这么说你会摸吗？”

“啊，应该摸呀。只要整体均匀地摸到不就好了。”

“不，那家伙其实就是想脱衣服。你想啊，衣服都脱光了，就不会磨损了。”

“哦。”

“我还是结婚吧。”

“跟谁结婚？”

“三井大厦里有一家婚姻介绍所，那里只介绍财团人士、医生或者律师这种有社会地位的人。我想明天去看看。”

“你啊，就是整天想着结婚，脑子才会变成糨糊。别处可找不到清那样知性又有诚意的男人了。清不是从来没背叛过你吗？”

“那倒是，可他没法跟我结婚啊。”

“你考虑一下自己的年龄好不好，又不是二十岁的姑娘了。”

“你好过分。”

“我才不过分，我是要你认清现实，适可而止。”

“就是现实无法结婚，我才要另外找对象啊，不对吗？”

"清是爱你的。"

"是吗？那他就该跟我结婚啊。"

"真受不了你。你到底觉得爱和结婚哪个更重要？"

"应该是结婚，因为我想安定下来。"

"你不知道吗？没有什么东西比婚姻还不安定的了。"

"我比较适合结婚以后辞掉工作，每天为男人做好饭，等他下班。"

"那你之前结婚为什么不这样做？"

"因为我没发现呀。"

"所以啊，你现在也没发现最重要的是什么。"

"还真的是，我只要一动脑子就会晕头转向。"

"有什么好晕头转向的。你不是喜欢清吗？"

"这我还真不清楚。"

"唉……"

"我对别人没有什么喜欢不喜欢的。我当然不讨厌清，可是他没法和我结婚啊。"

"那就随你的便吧。多少年了总在说同样的事情，我不管了，你自己动动脑子不好吗？别打电话给我了，赶紧去找对象吧。前提是你能找到。再见，你也别来找我玩儿了。"

我一放下电话就觉得自己有点儿过分，但是因为很困，就睡下了。第二天醒来，我心里一直放不下住在下高井户二丁目那座晒不到太阳的公寓里的麻里子，一直惦记着自己说过的话。要是她不去上班，盖着棉被蒙头大睡，或是干脆从十四楼跳下去死了可怎么办？要是她把我的话写在遗书上，登了报纸可怎么办？到时候报社会不会收到很多来信，骂我“不是人，不配做人”啊？我抽了一整天闷烟，心里想着该戒烟了，麻里子好像不喜欢烟味，她怎么这么能忍受我呢？再说，喜欢结婚有什么错呢？我何必反对麻里子因为没法结婚就跟清分手呢？

世上有没有跟麻里子般配的对象啊？或许，结婚并不适合对爱抱有幻想的女人。不喜欢但是也不讨厌，这可能是最好的。

我为什么要那样驳斥她？我知道了，都是高桥和子不好。读了高桥和子，就觉得人生无趣，把阴沉扭曲当成知性，把欢笑视作忌讳，要笑也只能撇着嘴唇微微笑，还整天想着要积攒一些憎恨别人入骨的能量。

总之就是烦躁。我是个善良的人，所以无法忍受。我拿起电话，闭上眼睛，一口气说了出来。

“麻里子，对不起，是我错了，我请你吃××亭的套餐赔罪，你原谅我吧。”

“真的？那我要吃最贵的那个。什么时候？你可别骗人哦。呵呵呵呵呵，不过我真走运啊，今天刚跟清吃了××

轩的套餐。你别看清那么小气，对吃的东西倒是很大方。怎么样？有人请你吃过××轩的套餐吗？你猜甜点是什么？真的好想让你尝尝啊。你可别骗人啊，什么时候去？”

高桥和子太费钱，还是扔了吧。

达·芬奇的缝纫机

我是已经告别了人类科学技术进步的人。

一九六七年七月，我待在莱昂纳多·达·芬奇美术馆里。那时只要有空，我就会待在那儿。

那里离我的住处只有三分钟脚程，入场免费，没什么人，还很凉快。

我还把那里当成了与长睫毛美男子幽会的地方。我刻意管那叫幽会。至少我很确定，那个意大利保安大叔觉得我们在幽会。其实他在跟一个大眼睛的日本画家女孩交往，同时又跟一个能言善辩的意大利高个儿女孩交往。现在，意大利女孩知道了他脚踏两只船，所以他来找我商量该怎么办。

“你就跟她说你跟日本女孩已经分手了，然后暗中继续交往啊。”我给出了不怎么符合道德观的解答。“我撒谎很容易露馅。”“那可头痛了。”“但是我很喜欢那种刺激感。”“怎么个刺激法？”我掘地三尺地问。

有人说过，性的快感可以通过对他人的诉说来放大。我只是为他人的快乐搭了把手，他后来就急急忙忙地去见不知哪一位恋人了。莱昂纳多·达·芬奇是个多才多艺的人，让人瞬间就能领悟他是个稀世天才。我趿拉着凉鞋，悠闲地在展品中闲逛，看了他设计的军舰模型、城寨图纸和运河模型。那是一股战争创意的洪流。

我对他并不了解，不知道他是个怎样的人文主义者，也不理解他的哲学。我在那里只感觉到了天才自恋式的欲望。

那是身为艺术家与科学家的强烈的自我表现欲望。他凭借艺术家和科学家的能力，将全部热情投入实现恺撒·博尔吉亚的政治野心这一追求上。而他的军舰模型，散发着无法实现这一追求的浓浓的失意。

“唔……”我庆幸自己不是大天才，然后继续闲逛。如果只用来展示模型和素描，这个美术馆实在过于庞大了。所以，这里还用实物展示了各种工业制品的发展变迁。有自行车，还有缝纫机。

短短几十年间，缝纫机发生了令人难以置信的外形上的变化。然而，无论是自行车还是缝纫机，我都忍不住觉得最早的模样才最美丽。

“为什么不能一直用这个呢？这样就足够了呀，不需要加上多余的东西。只可惜后来慢慢变成了让人毛骨悚然的蛇的模样。”科技的进步让外形扭曲变化，我感到气不打一处来。你们爱咋咋的吧，反正我不管了，真的不管了。到底在急什么啊，心急可吃不了热豆腐。我对科学家和设计师的欲望产生了恶意。就在那一刻，我舍弃了成为设计师的想法。

那或许是一个大好的机会，正好让我顺便舍弃出身于设计专业，却连直角都画不好的自卑。事实上，我真的松了口气。从那时起，科技的发展就与我再也没有关系了。我看不到那个进程，心中无比高兴。看来我是个难以接纳科学进步的人。我不知道自行车为何能走，但即便不知道自行车的结构，我也能骑车。

我不知道电饭煲为何能煮饭，只知道按下开关就会有米饭出来。虽然科学技术在我看不见的地方不断发展，但我还是会使用一些让生活变得便利的东西。希望你们别骂我狡猾。这就叫作“市民感觉”。可别指望市民感觉能够推动科技进步，反正在大原则上，我是持否定态度的。机器在我眼中有时像人，有时像动物。汽车像狗。忠实的狗会默默等在停车场，没有半句怨言，让我不由得对它产生感情。汽车破旧了，立刻变得像个疲惫不堪的中年女人，让我产生同情和共情，并为人生的悲哀流下几滴眼泪。

前不久，我到邻居家借缝纫机。我的缝纫机太笨重，根本不听使唤，像个肥头大耳的男人，所以我把它给扔了。隔壁家的夫人是个布艺专家，工作间里摆着缝纫机，随时都能用。

“我的缝纫机出了点问题，不过一会儿就习惯了。”我还以为专家的缝纫机有多了得，没想到竟是个老旧的款式。邻居家的夫人把电动缝纫机的踏板抱在胸前，开始抚摩。

“用的时候不能用这个脚踩。能用大腿帮我夹一下吗？”她把踏板塞了进来。

“要焐热一点。”“哦。”我夹紧了大腿之间的踏板。缝纫机一动不动。“我去泡茶，它一会儿就动了。”于是我专心致志地用大腿夹住踏板。

还是一动不动。我生气了。这台缝纫机肯定得了重病，一天天衰弱下去，然后昨天死了。于是我抱起踏板摸了摸，听到一阵微弱的“嚓嚓嚓”……它动了。我有种濒死的孩子重获新生的感觉。等着啊，等着啊，我这就用大腿夹住你。我用力夹住了它，它又死了。原来要轻轻地夹。于是我轻轻地用大腿夹住它，结果呢？缝纫机“嚓嚓嚓”地轻轻动了起来。我明白了，我明白了，是不是这样，是这样没错吧。然后，我就与缝纫机一体同心了。缝到第四块桌布时，我和缝纫机简直就像在合奏微妙的音乐。我猛地屏住呼吸，它也会在瞬间之后有样学样，呵呵笑着屏住呼吸。

笑着闹着，东西就都缝好了。缝纫机问我：“下次什么时候来呀？”我连忙扭着头不让邻居家的夫人看到，恋恋不舍地说："很快就来，下次我带黄色布片来。你是一台好缝纫机，好得让人惊叹。你为什么是这个家里的缝纫机呢？"

我回到家，翻开杂志，上面登出了新款缝纫机的照片。那是意大利的缝纫机，外形看起来像个马桶，油光锃亮的。我看了一眼设计师的名字，竟是那个在达·芬奇美术馆里烦恼该选哪个女朋友的人。哦，原来那个人在意大利当设计师啊，不知他后来娶了哪个女朋友，我感慨道。

达·芬奇，一切都是你的错，是你让我跟隔壁家的缝纫机变成了那种关系。

我不想看蒙娜丽莎的肖像，那个人像在嘲笑我这个被科技抛在身后的人。

黑齿希尔曼与国产车

很久以前，我身边第一个买了二手希尔曼的男人，是个极为严谨的合理主义者。

不知为何，他才二十岁上下就有了一笔小钱。

我们那群人结婚时，一定会找他借五万日元。不知道为什么，就是觉得理所当然。而他也笑眯眯地对每个来找他的人借出五万日元，也不说什么时候还。

他从来不浪费。他会走到叼着烟的人面前说："你为什么要做这种浪费之事，它只是会冒烟而已。"然后一刀剪掉点着的烟头。我们出门旅行，想再点一轮酒，结果服务员说："刚才你们的干事已经结好账了。"于是我们只能垂头丧气地离开。晚上八点，他就会四处去熄灯，要我们睡觉。而他干这些事的时候，一直是笑眯眯的，所以没有人生气。

那个人买了一辆圆滚滚的巨大希尔曼，笑眯眯地出现了。

"不愧是大竹啊。"大家围在车周围感叹着，又到副驾驶座上体验了一会儿，个个笑容满面。

可是那辆车有点奇怪。

它没有保险杠。没有保险杠的希尔曼就像一个老太婆涂了黑齿的巨大的嘴。

而且，它没有后座。

“保险杠我放家里了，等卖车的时候再装上就好。那玩意儿只要不用就不会蹭坏。座椅耗油，所以尽量减轻了重量，只在要用的时候装上去。我还算过了，踩一次油门大约要五日元，所以我都尽量不踩油门。”他的想法真是太可怕了。

“我下坡的时候还会熄火。”

“不愧是大竹。”所有人都说。

大家说着，围在黑齿希尔曼旁边一脸羡慕地转着圈圈。

几年后，大家都若无其事地买了车。

他们表面上若无其事，实际上还是要花一大笔钱，所以不可能真的若无其事。人人都把车子擦得锃光瓦亮，好生保养起来。个个都往车身上哈气，拿着一块抹布用指尖细细擦拭。

“你上车能先脱鞋吗？”还有一个男人这样说。

要是车子擦了、碰了，他们就会大为光火。

我有个朋友勒紧裤腰带买了一辆小轿车，整天哈哈哈哈地趴在上面擦。一天深夜他在住宅区开车，看见对面走来几个穿着大裤衩和半袖衫、手上甩着自行车链的大哥。

车链子“咔嗒”一声碰到了他那辆小车。“咔嗒”一声。谁知这个一点都不能打的男人竟然火冒三丈。他停下车，追上了那几个穿着大裤衩半袖衫的大哥。

我坐在车里轻蔑地想：“下去干吗呀，车又没坏，人又没死，待会儿肯定得半路走回来。”可他去了好久都没回来。

于是我下去一看，发现朋友被几个人高马大的男人围在中间，面色铁青，嘴里还大吼：“要干架吗！！”他彻底疯

了。其中一个人还嗡嗡地摇着车链子啊。

周围是住宅区，没什么行人。

“来人啊！！来人啊！！”我大声尖叫。

昏暗的住宅区街道上，有一个身穿睡衣的男人，还有一个头顶卷发棒、穿着睡裙的女人探出头来。

远处那个挂着红灯笼的店铺里也走出来几个男人。

穿大裤衩的大哥们感叹了一声：“你声音好尖啊。”然后走掉了。

顶着卷发棒的大妈说：“原来不是痴汉啊。”然后气愤地关上大门进屋去了。

那个面色铁青，大吼一声“站住”就跑出车外，还冲一

群小混混喊“要干架吗”的男人，你们猜他对我说了什么？

他说“谢谢你”。

我深深感到男人都是一群蠢货。

同时断然认定，车子只要能跑就行，没必要擦得亮晶晶的。

日本的经济飞速发展，已经达到了让我认为车子能跑就行的高度。

我一直与日本共同进步，甚至开始认为汽车只是一种实用产品。

我变成了去哪儿都开车，鞋子一点都不会有磨损的人。

我扛住了“节约能源”的压力，还经受了“制造公害、对健康不好”的白眼，执意开车。正因为只关注实用价值，我一直守着不耗油的小车不撒手，从来不置换新车，不管是擦了还是碰了，只要还能开就绝不下车查看。

哪怕被别人的车撞了，我也会一笑置之，显得格外大方。坐在旁边的人常说：“人家恐怕会把你当成犯罪分子，因为担心暴露身份才不计较吧。”就算轮毂罩擦到马路牙子上骨碌骨碌滚走了，我也只会摇摇手对它说“拜拜”。

一次，车撞到停车场的柱子上，我寻思只要柱子没出问题就不会有人说什么，结果下车时发现门打不开了。于是我从另一边爬出来，看见车身上开了个大洞，都能养金鱼了。

偶尔去洗车，我会特别羞愧。在酒店停车场停车，我会陷入“车中既然有‘垃圾’，那么人类里应该也有‘垃圾’”的哲思。我还是不对外侧进行任何修理清洁。可尽管如此，人还是会有难以抑制的虚荣心。

最让我为难且烦闷的时刻，就是发现一个男人“哎，真不错”，最后却要让他坐到我车上。

我其实没什么非分之想，只是不想让他笑话。

我的车开到第八年，开始像兔子一样蹦蹦跳跳，又是冒烟又是发出爆音，最后“死”在了加油站门前。

我问加油站小哥：“这附近有车卖吗？”小哥告诉我：“你往右边走有本田的店。”于是我把车放在加油站，趿拉着人字拖走过去买了一辆车。

缴纳一千三百二十日元首付，我就买到了店里最便宜的新车。贷款真的好棒，一切都好棒，人生漫漫，谁知道以后会怎样，所以贷款真是太棒了。我顶着满头大汗，也顾不上什么时辰，将那辆最便宜的车定为了禁烟车辆。车上只有两个座位，但不是跑车。就这样，我乘上了锃光瓦亮的新车，从那一刻起，我就无法忍受其他车辆的脏污了。

“哇，那人开的车好脏，真是该怀疑他的人格，好讨厌哦。”

上回看小说《一片雪》，我捧腹大笑。男主人公头一次晚上送女主人公回家时，竟然对她说：“一辆破车，不成敬意。”他竟然对国产车感到羞耻，那男人怎么回事啊？

我还想：单单因为这一点，小说就成了幽默小说。假设我也能找到乡裕美那样的男朋友——

我会马上买一辆红色跑车，然后制造一个让他坐车的机会，并且对他说：“一辆破车，不成敬意。”不，要说“便宜车”。不，要说“贷款车”。

购买家装杂志的日子

我家有阳台，阳台外面是一大片林子，风景特别好。周围一栋房子都没有，可谓完全孤立在深山中。尽管完全孤立，还是有阳台。毕竟周围一个人都没有，天气好的时候搬出白色的桌子和椅子，坐在阳台上喝喝茶应该很舒服。最好再有个英俊的男人，两个人沉默地吹吹风，咔啦咔啦地搅动冰咖啡里的冰块，长久的沉默让气氛变得微妙，我对男人俊朗的外表毫不关心，也希望对方不会在意我的丑陋。于是，我就在圣迹樱之丘西村家具店门口的现品出血大甩卖专区买了白色椅子摆在阳台上。

来了来了，有男人来家里做客了。

我端来两杯咖啡，放在大甩卖的白色桌子上，然后突然感到害羞。我看了那人一眼，他也眼看着涨红了脸，不知该看向哪里。由于太过害羞，我忍不住大叫起来。

“是不是好像*MORE*或者*CROISSANT*杂志那样！”

我们实在太害羞了，恨不得抱在一起乱蹦乱跳。

第二天，我在东京站看见了三井之家的大幅广告彩照。三井之家门前的草地上就摆着白色桌椅。我看到那幅广告，又一次涨红了脸。我在替三井之家害羞。

仔细想想，无论什么时候，只要看见杂志上美丽的装潢照片，我就会感到害羞。那并不是我的家，也不是我的房间。可是看到白木地板上放着三个黑白坐垫，前面有一张玻璃茶几，另一头是一株观叶植物，地上还放着两三张唱片的光景，我就会特别害羞。品位实在太好了。杂志精心挑选了简约而具有设计感的装潢，这正是让人害羞之处。我还会由衷地认为，住在这种地方的人，肯定是个自傲自大、个性顽劣，只知道撑场面，其实毫无内涵的人。住在这种地方的男人要是搞大了女人的肚子，肯定会叼着细长的香烟或法国高卢烟，鼻孔里喷着恶臭的烟雾说："叫我负责任？你也爽了不是吗？"

所以，我从来不看家装杂志。我要大海的照片，就到书店去翻杂志，翻到一个油漆涂抹外墙的海边小屋，就把它买回去。

然后，我还从第一页开始，慢慢地翻看起来。

我几乎当场晕倒。参观私宅：玛丽莎·贝连森。丛林之中赫然出现一张鲜亮得几乎要发光的粉红色"L"形沙发，上面摆放着粉色与金色的靠枕。丛林里还悬挂着红黑搭配的厚重花朵纹窗帘，沙发前摆着一张宛如大老虎的大理石茶几，上面又是一瓶红得似血的花。这头摆着三张绿色、红色与黑色相间的扶手椅，旁边摆着貌似中国古董的小边桌，上面摆着九谷烧，墙边还挂着一幅巨画，与沙发是同类型的刺眼粉红色，地上还有波斯地毯。这还只是起居室的一部分。

下一页，玻璃分隔的餐厅，里面挂着屋主的巨幅肖像，又是一片骇人的丛林。地面铺着大理石瓷砖，天花板嵌着镜子，中间竖着红红火火的中国屏风。连三角钢琴都是镜面的。底下是京都茶屋那种超大油纸伞。下一页，我已经无法凭一己之力说明。再下一页，打翻颜料箱也不至于变成那个样子。

再下一页是卧室，我想到厕所里吐一吐。并非因为它的品位差到令人作呕，而是我被有钱人的能量与胆量震住了。这个家散发着惊人的能量，需要无尽的勇气才能打开那扇门，而且在此之上，还需要超人的活力才能在里面放松下来。整间卧室嵌满玻璃，黑色与黄色火焰一般的窗帘宛如瀑布飞流直下。不知这位模特儿出身的美女，会在那张铺着毛皮的床上与人怎样激情。看到这里，我已经气喘吁吁，慌忙翻过下一页，上面介绍了“追求生活新意象的单身青年住所”。

这里是曼哈顿，巨大的玻璃窗从天花板一直垂到地板，城市夜晚绚烂的光芒如同洪水一般涌入室内。这里只有黑白红，超摩登。我赶紧又翻了一页，这回是瑞士富豪的家。院子里有个湖，仙鹤、天鹅和孔雀在里面呼扇着翅膀。我慌忙又翻了一页。

墨西哥的房子，屋子里能跑白马，院子里有瀑布，赶紧翻，赶紧翻。还有萨德侯爵的房子。导言写着“将命运赌在作家萨德侯爵复兴之上的子孙”，呃——

有一页是“京都家具”。

悲剧的西洋馆，彩绘玻璃的乡愁。

还有一页是钻石。

这本杂志到底怎么回事，很少有什么东西能让我光看看就兴奋得气喘吁吁的。我抓紧钱包，冲出去买其他期号。好重啊，好高啊。但我就是停不下来。丽莎·明内利的家，哇，好气派。弗朗索瓦丝·萨冈的别墅，哎呀，了不起。

我兴奋了一整天，不断思索有钱人到底是怎么回事。这里面的所有东西，我自己是一个都想不出来。里面还有一个伯爵夫人请让·谷克多给她巴黎的公寓画的一幅画。还有一个女人睡在铺着大红色绸子床单的旋转床上。那个主意我也压根儿想不出来。一旦觉得“好害羞”，就什么也想不出来了。

我想起一个朋友。她是歌剧女高音歌手。她用夸张的印花连衣裙包裹着丰满的肉体，还戴了一个手掌那么大的胸针。那人食量特别大，吃肉的模样能让人联想到狮子和老虎，还吃得满嘴流油。一天，我们走在街上，远远开过来一辆巨大的红色美国敞篷车。她张开双手高喊：“啊，好想要。总有一天我要开上它。”那时我突然醒悟了。这不是恶趣味，而是能量，是勇气，是率真的心灵。她一定很适合穿鼬皮大衣，戴大钻石。

我究竟算什么？因为一张阳台上的白色椅子就羞愧难当。或许，那张白色椅子稍微经历一点风霜，蒙上一些灰尘，我就不那么害羞了。所以我有时会朝它泼水。下次有男人来喝茶，我打算在阳台上铺张草席，放上两个坐垫。

简言之，我就是缺乏想成为有钱人的能量。不对，因为我不是有钱人，所以才缺乏能量。另外，把有钱人的能量嗤为下品，是一种十分恶劣的行为。

心善者皆忧郁

每到树木发芽的时期，我就会做好准备。因为抑郁会与嫩芽一块儿冒出头来。

一个罹患抑郁症的朋友，会用宛如潜入地底深处的沉重音调打电话过来。

“啊，我想辞职。我每天都不想起床。一睁开眼，想到今天一天不知要怎么过，我就会哗哗地流眼泪。我都怀疑自己可能起不来了，可是当白领职员真的很残酷啊。要把自己硬撑起来，就像把煎煳的厚蛋烧铲起来一样，会在锅里留下黑乎乎的残渣。走进电梯，要是有小孩子对我说什么‘早上好’，我只想狠狠瞪上一眼。看到别人笑，我就觉得那是傻笑，心里很不舒服。可是啊，我知道现在这个时期比较容易抑郁，所以每天都在忍耐，告诉自己还差一点，还差一点了。这个时候我出去喝酒，也只会恶狠狠地瞪着人家，搞得所有人都不高兴，所以某些人啊，故意不邀请我。只要当着我的面说‘今天好累，早点睡吧’，那肯定是要出去喝酒了。

唉……唉……唉……你还好吧？”“一般般吧。”“真好啊。你快对我说好孩子好孩子吧。”“好孩子，好孩子。”我真是个善良的人，愿意花一两个小时去安慰那个阴郁沉闷的声音。“唉，我不想活了。”“还差一点了，等天气热起来，你就有精神了。”

“唉，我不想活了。”

又有一通电话打过来。

“呵呵呵！”明明在笑，却显得格外阴郁。

“你在干吗呢？”“洗衣服。”“我啊，吃完午饭就一动不动地看着大海。已经看了四个小时啦。天气一好我就郁闷，就要思考孩子是什么，母亲又是什么。我只是把孩子生了下来，别的什么也没做，现在孩子都这么大了，呵呵呵呵。”阴郁的声音从明亮的海边小镇发出来，顺着电话线慢慢蠕动到我的耳边。

“你说活着是什么啊？”“就是在死之前想办法活着。不需要做什么了不起的事情。”“是吗？我跟你说啊，小绫是个很愿意哄人开心的孩子，看见我发呆就会特别活泼，要逗我笑。每次我都会笑给那孩子看，呵呵呵呵。”“要是你啥都不想做，就啥都别做，一直看海吧。”

我是个善良的人。我说：“我很喜欢你，你任性又拼命，我经常突然冒出这个想法——啊，我真的好喜欢你。只要你活着，我也会觉得活着很快乐。”

我没有搞错对象。因为我是个善人，善人不分男女。

“是吗？谢谢你，我好高兴，呵呵呵……不过活着真的好累啊。”“你等等，我去尿尿。”……“啊，对不起，现在轻松多了。然后呢？”我是个善良的人，绝不会以尿尿为借口挂电话。

“你等等，我去拿香烟。”海边的女人也做好了打持久战的准备。

我想到了她那边的电话费。没办法，活着就是很花钱。

“你还好吧？”有时候电话那头会变成硬挤出声音的男人。说句贪心的话，其实我不想面对男人的示弱，无奈我是个善良的人。

“我很好啊。”“我不行了，你想想啊，我都辛苦了这么久。二十年来，每天勤勤恳恳工作，供养老婆孩子。女人太不要脸了，把这一切当作理所当然，连句感谢的话都没有。我觉得干脆把这一切都舍弃了，重新开始人生也不错啊。我一点都不想工作。其实仔细想想，实在太无聊了。心里明知道无聊，却没别的事情可做。现在的世界好像不能太认真了。外面早就不流行动脑子思考啦。”

“怎么会呢，世界之所以能够成立，就是因为有你这种人在底下支撑啊。”“是吗？”“是呀，只有这种人才能创造出可持续的文明。”“我一分钱都不要了，人生这么无聊，我压根儿没有想买的东西。”“哦，那你不如去找个女人吧。”“女人啊……你知道在哪儿吗？”“巴士上、电车上不是都有嘛。”“上回巴士上有个不认识的老奶奶突然摸着我的头说：‘好可怜啊，你都秃成这样了。我家老头才刚秃完呢。’她真的一个劲儿地摸，我还算不上秃吧。”“啊哈哈哈哈。”“我知道自己想要什么了。我想要人情，想要人的感情。”“是啊。”

我是个善良的人，于是过了一会儿又说：“我跟你说，树木发芽的时候，全世界都在发情，人会变得想谈恋爱，要是谈不成恋爱，就会抑郁。这是理所当然的吧。你瞧瞧我，呵呵呵……唉，真是一分钟都舍不得离开。”“那你就爱咋的咋的吧。”“呵呵呵……”

海边的女人也醒了。“我跟你说，昨天晚上可有意思了，六十个人在山上搞了个大派对。里面有好多怪人。还有同性恋电脑工程师呢。是不是搞电脑的都会变成同性恋啊。我知道人为什么会变成同性恋了。”“为什么呀？”“因为啊——”……大海在发光。

“这次你看了吗？”“看了看了。”“是不是很棒。”“特别棒。”“那种东西就得心血来潮才行，专门去做就不行。”“那是天赋。”“那倒不会。下次我要去旅行。”“到哪儿去？”“去看蜻蜓。”渴求人情的男人是否从什么地方搞到了人情呢。

这次轮到我了。我也有抑郁的老毛病。

“你说，我是不是不能死啊？”

“你怎么了，抑郁了？”“我是不是不能死啊？”“你等等，我去关洗澡水。”我盖上被子，与电话同寝，嗓子里发出了黏糊糊的蛛丝似的声音。我为何要如此善良？善良之人皆有私心。我之所以善良，就是为了今天这样的日子。

我家被一片樱花树林包围着，花瓣会像雪一般落下。“你说，我是不是不能死啊？”

待到映山红开得如同疯女人的长襦襻时，我就会若无其事，威风凛凛地说：“想死的人都太天真了，真恶心，就不能管好自己吗？”再看周围，好像所有人都充满了力量。所以，树木萌芽的时节，请珍惜身边的朋友。

外语是一门怪兽的语言

听到外语，我就会心里一惊，恨不得连连后退。外国人到家里来玩时，儿子会大喊："怪兽来啦！！"然后躲进被窝里。我骄傲地认为："这才是正确的感性。"由此可见，外语在我眼中就是一门怪兽的语言。

但是外来语又属于日语，因而令我非常头痛。不，其实并没有头痛。外来语基本都用片假名书写，而我对片假名也心怀恐惧。我甚至能把弹子店（パチンコ）的招牌看成"コンチハ"，把回旋镖（ブーメラン）看成"ブーラメン"也是家常便饭。电视和广告上出现的流行外来语对我而言等同于不存在，而且我不会为此感到任何不方便。那么，若问我能否正确使用纯正的日语，则是另一个问题了。

小时候，我认识的第一个片假名词语就是"奖金"（ボーナス）。因为我听到父亲和母亲在偷偷谈论这个东西。我以为那是一种巨大而罕见的茄子[①]。而且不知为何，我觉得那种茄子是圆形的，外表为土黄色。在父亲已经去世二十五年的现在，我想到这件往事，不禁感叹：原来他也曾经是个拿月薪的职员啊。

我正怀念着父亲，突然想到了“知识分子”（インテリ）这个让人怀念的词语。它与父亲已经浑然一体。那位知识分子会对他不是知识分子的肥胖老婆百般嘲笑：“你只能看见双眼可以看见的东西。”双眼能看见的东西好像是指金钱，那个肥胖的老婆为了养活自己“扑哧扑哧”生出来的孩子，需要那些双眼能看见的东西，所以用有点脏的围裙擦了一把眼泪鼻涕。知识分子则冷笑着光脚穿上木屐，出门去了。比起那个与双眼能看见的东西顽强搏斗的知识分子的老婆，小时候的我不知为何，觉得那个晃晃悠悠走在夕阳中的背影瘦削的男人更可怜。

后来，知识分子没能把自己膝下那一大堆孩子养大就死了。那一大堆孩子全由他那不是知识分子的老婆抚养成人。我很怀疑父亲是不是真正的知识分子，因为我只在小时候听他老婆在吵架时喊：“反正我不是知识分子。”不过我对知识分子的印象，除了父亲之外别无其他。而且那不是针对内涵，而是针对外表的印象——皮肤苍白，一脸愠怒，阴沉

---

① 日语“奖金”（bonasu）后两个音与“茄子”（nasu）相同。

吓人。父亲就像芥川龙之介加上川端康成再除以二得出的模样。父亲死了，我心中的知识分子也就死了。而现在，连“知识分子”这个词都成了死语。

因为战争结束而吓破了胆的知识分子，到死都只留下一大堆孩子，所以他的老婆孩子只能忙着活下去。我们不断搬家，但无论多么贫穷，头上总是有个房顶。于是，我要谈谈房顶。

人类住的地方叫房子。无论什么民族（除了穴居人）的房子都有房顶。房顶的形状基本都像朝天合掌的样子。我认为那是为了表达一个想法：尊敬的老天爷，请您允许我们这些渺小的人类在地面上修建渺小的房屋，不要怪罪我们。您的恩情我们将永世难忘，拜托您了。这俨然是人类卑躬屈膝的体现。不知到了什么时候，突然冒出一群所谓的建筑家，他们与木工划清了界限，把房顶盖成了平平展展的模样。这种行为已经放弃了人之所以为人的内涵，公然向老天发起了挑战。于是，日本便涌出了许多对长着一副没有头发的人类模样的太阳公公极为失礼的建筑物。

也是从那时起，让人毛骨悚然的室内装潢（インテリア）这个词开始出现。我这种连弹子店招牌都能看错的人，看到“室内装潢”这个词时，还以为它在说知识分子。这已经不是能不能搞错的范畴了，两者压根儿没有关系。然而每次看到或听到“室内装潢”这个词，我眼前都会顿时浮现面色苍白、一脸不高兴的父亲。他仿佛在说：“你们只能看见双眼可以看见的东西。”这让我感到坐立不安。

室内装潢是一种彻头彻尾地用双眼去看的东西。每次听到别人大肆吹嘘这种双眼能看见的东西，甚至说什么住宅是哲学、是美学（应该不会这样说吧，他们只会说室内装潢是你的生活态度和性格内涵），我总感觉很对不起父亲。

战后靠红薯和面疙瘩填肚子，住在连房子都算不上，只能称作营房（即便是营房，屋顶也朝天凸起了一些）的地方，跟父母接二连三生下来的弟妹叠成一团睡觉的孩子们，在进入经济高速成长期后就忘却了自我，丝毫顾不上自己和老婆孩子，整天拼命工作，决心盖一座让老婆孩子可以安居的房子。此时就兴起了北欧风、南德风、美国西海岸风和公寓风等风潮，日本人“只要有点风就能自由飞翔”的热情才能顿时被激发，到处都立起了变幻自在的房子，所有女性杂志上都充斥着蕾丝窗帘、白木桌子、印花床罩、条纹墙纸和维多利亚风格的沙发。

连我家都有灰色地毯、白木餐桌和藤椅，这要是让明治三十九年出生的父亲看到，他肯定会歪着嘴说：“你们这些人，只要是邪道，就算哭着也会追捧。”

后来进入混乱杂糅的时期，联排别墅的塑料墙纸、热带特色的椅子和花朵图案的靠枕，旁边摆着日式被炉，桌上放着塑料假花。在那个时候，如果老头儿歪着嘴冷嘲热讽，我可能会嘻嘻哈哈地听进去一半。当时知识分子这个人种已经绝迹，不过可能存在进步的文化人，但我从来没有那个领域的熟人，再加上总是画画，就变得不擅长认字。可能有很多人都觉得我无法理解写成文字的东西，所以才去画画，可以说，他们基本上是对的。就在那个时候，突然冒出了见到别人明显没什么知识就会露骨嘲讽的百事通，说话时喜欢用一大堆片假名，只剩下接头词、接续词和句尾的“就是这个道理”还算日语。他们使用的能算外来语吗？

“更加ダイレクト地保持リレーションオモアベター。”[①]这是在说啥？

虽然对这种说话方式不以为然，我还是忍不住把这些人当成比自己高等许多的生物。我会感慨：啊，原来这就是进步的文化人啊。可我并不明白进步的文化人是什么，说不定进步的文化人并不会随口说出“这样オモアベター”吧。不过，在“モアベター”里面还会冒出“アウフヘーベン”[②]这样的词，这不就跟经济高速成长期建立起来的某某风联排别墅的室内装潢一样吗？美国西海岸风、罗曼蒂克街道风，所

① 日语部分依次为“直接”“关系”“更好”。

② 德语词汇“aufheben”，扬弃之意。

有东西杂糅在一起，最后接上日语的“就是这个道理”，宛如那张放在旁边的被炉。那些话语里带着许多外语的人都受过一定教育，用以前的话来说，应该算是“知识分子”吧，但我还是觉得他们不是知识分子，而是“室内装潢”。不过，那些说话夹杂外语的人总是非常快乐、非常开朗，而且面色红润，打扮得体，从来不歪嘴嘲讽别人。

这种室内装潢式的知识分子也会跟配偶吵架吗？他们吵架的时候也会说“我不认为你将这种ダイレクト的リレーション强加于我会显得ベター”吗？他们的老婆会拽起粉红色的花边围裙擤鼻涕吗？他们的孩子会没来由地觉得晃晃悠悠走出去的父亲比拿着粉红色围裙擤鼻涕的母亲更可怜吗？

当然会。

无论何时，孩子都不能看到父亲的背影。

一旦成了背影，知识分子和室内装潢就没有区别了。

跟各种人看电影

跟各种人看电影

上小学时，学校在大讲堂里搭起黑幕，组织我们看了《钟鸣之丘》。

电影讲述了战后的流浪儿童和拼死保护他们的青年们的故事，十分感人。

我们都放声大哭，哭得全身抽搐。因为所有人都挤在一起痛哭，所以我对那场电影记忆犹新。

很小的时候，我还看了《黄昏之恋》这部由奥黛丽·赫本主演的喜剧片。

观众们常常爆笑，我也笑得前仰后合。等我回过神来，旁边一个不认识的叔叔竟然拍着我的膝盖大笑。

因此，我对那场电影记忆犹新。

我在柏林看了《罗生门》，是跟美术学校学油画的埃塞俄比亚男生一起去看的。

三船敏郎在银幕上说的是德语。

埃塞俄比亚男生把三船敏郎的台词翻译成英语说给我这

个日本人听。

我们坐在昏暗的电影院里，每次三船敏郎嚷嚷了些什么，他就凑到我耳边小声言语。

然后，一股带着鱼腥味儿的气息就会从耳朵溜到鼻孔里。因为我去他的宿舍找他时，他正站在屋里，往面包上抹油浸沙丁鱼吃。

看完电影出来，他摇头晃脑地用德语说："Zeagut！"然后咂着舌头说："Wonderful，啧啧啧啧。"又用埃塞俄比亚语大喊"撒叉撒叉撒叉"，如此反复不断。

每次我都能闻到一股鱼腥味儿。我对《罗生门》的记忆，必定伴随那个埃塞俄比亚男生的鱼腥味儿。

我跟一个年轻气盛的男生去看过《曾根崎心中》。

那个男生已经在东京生活了好几年，却始终不愿改掉大阪腔，动不动就生气地说"俺不要"，两条粗眉毛底下的眼睛还闪着凶光。每次他气愤地说"俺不要"，我就觉得自己看见了一头浑身奓毛的幼兽在呜呜低吼。

我这人看电影很爱哭，因此不想让那个动不动就说"俺不要"的男生看到我红肿的眼睛。

我在渐渐变亮的放映厅里站起来，偷偷看了旁边一眼。

一根根钢针似的睫毛上，挂满了小小的水珠。

因为那些闪闪发光的小小水珠，我对那场电影记忆犹新。

孩子还小的时候，我们去过“东映漫画节”。

我带小孩走进漆黑的电影院，里面空无一人。

突然，整个电影院炸开了，空荡荡的座位上爆发出歌声——“赛文·奥特曼、赛文、赛文……”

原来电影院是满座。

一堆比座椅靠背还矮的小脑袋竭尽全力大声唱着那首歌。

我感到胸口一热。

我并不喜欢看赛文·奥特曼，既无聊又痛苦。明明很无聊，可是每次听到“赛文·奥特曼、赛文”的歌声，我就会胸口发热。

原来小孩子看电影竟是如此团结一致？

因为那些歌声，我对“东映漫画节”记忆犹新。

我与几个在学生时期结交的女性朋友相约在电影院门口会合，一起看《黄昏》。

我们已经相识二十几年了，十分了解彼此的家庭生活，每个人都有各自的倦怠。

那天，我最早来到电影院门口。

周围站着三三两两的女性，都与我们年龄相仿，不时伸头去看马路上的人。

不断有中年女人跑过来突然抱住某个人，或是被什么人拍着背说“你好慢啊”。

我们和她们都一样。

走进电影院，四个人同时在座位上扭头看着彼此，“呵呵呵”地笑了。

那“呵呵呵”的笑声不仅是我们四个人之间的默契，更是与几乎坐满整个放映厅的、那些已经不再年轻的女人共通的默契。

电影结束后，我们随着人群走到外面。

有两个人几乎同时“哼”了一声。她们只用一声“哼”来表达自己对那个美丽的夫妻爱情故事的感想。

我们什么都没说，放声大笑起来。

我们的笑声强悍而爽朗，让我备受感动，虽然备受感动，笑声却变得无限爽朗。

我们明天还得活下去。

因为坐满了放映厅的中年女人，我对《黄昏》记忆犹新。

我看了《E.T.外星人》。

孩子母亲出现时，我流泪了。

母亲为了赶着早上上班，杀气腾腾地催促孩子动作快点。母亲慌慌张张下班回来，把纸袋放在桌上，跟孩子打闹成一团，我已经不忍再看下去了。

E.T.是个无比单纯的童话构造，让我感到毛骨悚然。

“人类对话语的交流感到绝望，于是转而追求没有话语的交流呢。”

跟我一起看电影的人说。

这是真的吗？我突然很可怜全世界的人类。可怜那些明明拥有话语，却试图与没有话语的E.T.沟通心灵的人的日常生活；可怜那些看了《黄昏》，只有一句“哼”的女性朋友。

“我知道你看到什么地方哭了。”

我很想放声大哭。

话语依旧可以沟通啊。

美女就不能大便吗

仔细想想，可以区分人的长相，其实很可怕。因为人脸面积都差不多，同样是两只眼睛、一个鼻子和一张嘴。配置绝对不会变，不存在眼睛和嘴巴位置相反的人。可是，我们却能对突然出现在门口的人说出："哎呀，好久不见，我看你气色很好啊。"也不会弄错美智子和麻里子。

而且，我们还能一眼判断出美智子和麻里子谁更漂亮，甚至去参加同窗会，能从几十张面孔中辨认出每个人，无论自己的智商是高是低。

人类好厉害啊，仅仅是区分的能力就足够厉害了，还要在这个基础上想东想西，真是太辛苦了。尽管如此，人们还是会想，没有哪个女人会不渴望自己成为美女吧。我的朋友曾说过非常可怕的话："绝世美女可能随着时代有所改变，但是绝世恐龙，无论哪个时代都绝对不会改变。"原始时代，一个人终其一生只能看见同一个族群里的几十个人，所以只需从中区分优劣。但是自从电影出现后，女主人公渐渐成了美女的标准。

在我还小的时候，电影女主人公就必须是天上之人。例如，葛丽泰·嘉宝和费雯丽，她们一定不会拉屎撒尿。电影世界跟现实不一样，那是另一个世界。

我此前一直不认为恋爱是一种在现实世界中展开的活动。亲吻必须是惊为天人的美女和惊为天人的俊男之间发生的事。对我来说，恋爱就等于亲吻，亲吻是恋爱的最终目的。因为过去的电影并没有超过亲吻的镜头。同时，电影只存在大团圆结局或悲剧结局，电影必须如此。

那时我虽然还小，却已经明白现实人生既没有大团圆也没有大悲剧。

我在地方城市的女校读了高中，因此从未结交过男朋友。一身水手制服是走出家门的唯一行头，而且那时不只我家境贫寒，整个日本都贫困潦倒，我同学也一样。

下雨的星期日，我与朋友相约去看电影。开设了电影院的镇子离我家有十六公里，两地之间由小小的电车连通。

车票钱要二十日元。我们为了节省车票钱，找来一辆黑色男士自行车，就是后面能接铁皮车斗的那种款式。那辆自行车的后座约有四百格稿纸大小，朋友跨坐在上面，左手紧紧抱住我的身体，右手撑着一把黑色蝙蝠伞。自行车吱吱嘎嘎地响着，水手服的裙子像气球一样膨胀起来，我们气喘吁吁地出了门，去看惊为天人的美女和俊男谈恋爱。那部电影改编自司汤达的小说《帕尔马修道院》，由法国著名影星热拉尔·菲利普饰演男主人公。只要有这个人出演，我和朋友什么都愿意看。

我几乎忘了那是一部什么样的电影，也不记得女主人公桑塞维里纳公爵夫人究竟是谁。我们以为日本没有贵族，也没有城堡。松本城和二条城都叫城，但我们并不认为那些是城堡。所谓城堡，应该是西洋绘本里出现的那种建筑。城堡突出在湖面上，有一段白色石阶通往湖中。

惊为天人的美女公爵夫人打湿了双足，穿着通透的白色长裙，顺着石阶走上来，与热拉尔·菲利普紧紧相拥。两人注定要被迫分开。闪光的水面成为两人的背景，还能看见城堡。最关键的是，画面上是两张有资格亲吻的脸。

我对女主人公的面容没有丝毫怨言。

女主人公有什么样的个性，将什么想法化作语言，如何生活下去，这些都不是问题。几乎所有电影的女主人公都只拥有“美丽”这一重大意义，其美丽对男人产生的影响直接转化为戏剧性。必须如此。我们对此没有任何怨言。我们只为悲剧性的结局流尽最后一滴泪水，从天上回到人间。人间就是展开水手服的裙子跨坐在沉重的男士自行车上，冒雨骑行十六公里，一路气喘吁吁，让那张自己恨不得整天抱怨的脸被雨水淋湿。

在被雨水淋湿的同时，我们从心底里感到充实。

我看了《基督停留在埃博利》。

一个知识分子政治犯被流放到号称上帝也不会眷顾的意大利偏僻土地上。这有点像俊宽[①]的故事。这位“俊宽”是个伟大而正直的人，完全没有像俊宽那样惊慌失措。他虽然年纪有点大了，但依旧是个好男人，而且长着一张属于人世的脸。

可是，这个好男人俊美的脸庞很快就消失不见了。因为村里走出来一大群男人。那些可能不是专业演员，而是常年被贫困与辛劳所困的男人。那些人的脸一出现，主人公本来无可挑剔的面貌，就成了单纯的造作。

因为只要去到意大利的寒冷山村，就会看见类似的大叔恶狠狠地紧盯着路面，那些怎么抱怨都不过分的面庞上展露着他们待在那里的必然，以及曾经待在那里的岁月。他们仿佛在质问，老子顶着这张脸活到现在，你有什么怨言吗？简简单单的五个要素，他们脸上的五官竟成了活过那些无可替换的岁月的证据。村民们的脸都属于这个人世，实在太忠实于这个人世。这种忠实制造的喜剧效果给电影赋予了故事以外的强大力量。在画面上排开这么一些面庞，就会让造型显

① 真言宗僧人，曾因参加讨伐平氏密谋而被流放到鬼界岛。

得毫无意义，也让电影的质量变得毫无意义。

电影已经成了这个世界的东西。

伍迪 · 艾伦和达斯汀 · 霍夫曼都是这个世界的人，山口百惠和梅丽尔 · 斯特里普也是这个世界的人。

可是，哪怕我现在重回十六岁，也不会再有那样的热情，甘心冒雨骑着吱吱嘎嘎的自行车，气喘吁吁、披头散发地跑到十六公里外的电影院去看伍迪 · 艾伦。我似乎在渴望，渴望电影一直待在天上，不断诱惑在人间的我们。可能我已经发现，这个人世的男女可以若无其事地亲吻，还会做更多亲吻以外的事情，内心略有些寂寥吧。

达斯汀·霍夫曼令人头大

自从达斯汀·霍夫曼出现，我就颇为头大。因为我特别喜欢达斯汀·霍夫曼，只要有他的电影就会去看。越看越喜欢，也越看越头大。

我很喜欢《约翰与玛丽》这种初期作品。尽管如此，我还是觉得那个人不是恋人的合适人选。我向来认为如果不详细幻想明星与自己的关系就算吃亏，于是总会一下子就陷入幻想。

我感觉，那个人就像我现在住的那间廉价公寓房隔壁的学生哥，他会不时过来敲我的房门说："不好意思，我能借点酱油吗？"

当时我很喜欢彼得·方达，但是很不顺利，我一直找不到切入点。但是罗伯特·雷德福则会主动追我。我对那种类型不太感兴趣，因此十分头大。

小时候，每次看电影我都难以释怀。我总觉得不是主人公的角色受到了不公正的待遇。但是我很快便会忘记这些，开始为主人公的命运担忧。那些被我忘记的配角经常会在不经意间冒出来。即使忘记了电影，那些被遗忘的、不重要的人也一直活着，并且会苏醒过来。比如，在《天堂的孩子》中，玛丽亚·卡萨雷斯饰演的让－路易斯·巴劳特的妻子这个人物就让我很难忘记。

那个被人嫌弃、被视作眼中钉的妻子让我特别在意。当时我在读高中，满脑子都惦记着那个被人嫌恶的妻子。我明明完全不了解婚姻，甚至一次恋爱都没谈过。

上大学时，我看了《巴黎圣母院》。我最难忘的不是可怜的卡西莫多，也不是野性的艾丝美拉达。

是暗恋吉卜赛女郎的坏心眼儿副主教克罗德。没错，就是那个躲在圣母院石柱背后，拼命压抑心中邪念，偷看艾丝美拉达在广场上跳舞的副主教。

带我去看这部电影的叔叔凑到我耳边说："真是太可恨了。"可是，我自己的心却与那个可恨的男人产生了共鸣。

我一定是认定了，自己绝不可能成为任何事物的中心人物。我可能只想优哉游哉地坐着，呆呆欣赏台上的戏剧。

我很难想象自己身上会发生什么戏剧性的事情。我认为戏剧性这种东西只会发生在绝世美人的身上，并且坚信只有俊男美女才会谈恋爱。

所以，达斯汀·霍夫曼让我很头大。一个适合说"不好意思，我能借点酱油吗”的男人竟然光明正大、满不在乎地出现在大银幕上，而且始终是电影的中心人物。

本来，无论是西部片还是黑帮片，他都是那种一开场就惨死，然后再也没机会登场的可怜人。他应该成为那种让我心绪纷乱、难以忘怀的男人。

所以，当这个身材矮小、鼻子很大的男人拼命演出自己琐碎的人生时，我感到异常高兴。因为他让我开始想，我这个永远与中心无缘的人，或许也有资格获得一些戏剧性。

可是，这让我感到坐立不安。而且最近怎么回事，达斯汀·霍夫曼突然高大起来了？正经男人不能太好看，否则就算失格，只要是美男子，内容肯定很贫乏。最近这种不公平（或者说过分公平）的想法是不是被培养得太成功了？若是没有一些缺陷，角色就欠缺真实性，这种看法正在慢慢渗透。可是这样一来，不会贬损了人格完美、相貌端正、有才有能的人吗？虽然这些与我无关，我还是忍不住担心。

要是知道了《克莱默夫妇》里的父亲如此坚强而诚恳，不时犯点小错，在曲折的命运中不断奋斗，我站在梅丽尔·斯特里普的角色立场上，肯定会连忙与他重归于好，深刻反省自身的急躁，并且为自己蔑视人类的浅薄想法而感到羞耻，对他说：“亲爱的，这样就够了，你已经很努力了。”我肯定会当场反悔离家的决定，立刻服软，积极动用所有的狡诈，伪造一个健康的家庭。如果不用漫长的时光去抚平虚伪的掩饰，夫妻关系就无法持续下去。《窈窕淑男》里的小哥也很棒。结尾镜头就像《毕业生》里的最后一场冲刺一样，已经超越了倔强，堪称莽撞。可是，它依旧给全人类带来了希望。

如果换罗伯特·雷德福来演，我会因为过分认同而心怀不满。正因为饰演者是达斯汀·霍夫曼，才让那些角色充满了真实感，真是让人头大。

正因为是达斯汀·霍夫曼，才能给全人类带来希望。得到他给予的希望我固然高兴，只是我又与被抛弃的丑陋女朋友产生了共鸣。我真想走到那个哭得鼻头通红的女人身边对她说："没办法，男人看到美女都会脚软，你一开始就敌不过人家。真是太可惜了。来，多喝几杯，很快你就能遇到好事了。"

现实散发着贫穷气息

我把电影分成三个种类。

大团圆电影、悲剧电影，以及不属于两者的电影。不属于两者的电影基本都在某种形式上，拥有同样的开头和结尾。

比如，一个中年男人因为一次偶然而坠入情网的电影。开篇会暗示或者明示男人家里有个唠叨的妻子，还有许多孩子，捉襟见肘的生活令他疲惫不堪。于是，那个男人就会沉醉于自己与恋人的崭新未来。那个女人可以是阴险的坏女人，可以是纯情得像个谎言的女子，也可以是看起来好像很坏又好像很好的人妻。我会一边看电影一边发出声援，同时思索他老婆该怎么办、孩子该怎么办，然后那场恋情就会突然结束。我正好奇接下来会怎么样，男人就老老实实地耷拉着肩膀，回到唠叨的老婆身边，回到捉襟见肘的生活中，回到原来那个家。这种电影我已经看过好多部了。

这种应该就叫现实主义吧。我对那个故事感同身受，垂头丧气地走出电影院，仿佛人生的韵味都深刻了不少。

要是换成女人，不知为何往往是大富婆。有一部电影叫《琴声如诉》，讲一个富婆在巨大的豪宅里烦躁不安地生活。她的丈夫是个俗人。有钱人都很闲，因此更是烦躁。

然后到了一个下雨的日子，女人在朦胧雨雾笼罩的树林边上，与一个来历不明的年轻男子坠入爱河。那就像转瞬即逝的幻影，眨眼间消失了。

女人在豪宅的昏暗房间里发出宛如野兽的号叫。那种画面很有冲击性，也非常感人，但我并没有感同身受。

据说那不叫现实主义。哪怕让娜·莫罗的表情无比生动，还长了一张无比真实的嘴，那也不叫现实主义。但那只是因为我身处的环境使我不具备与有钱女人的现实产生共鸣的能力，或许真的有人能对那个女人身上剪裁绝佳的衣服和大豪宅的布局感同身受，所以这很难说。

过去，《罗马假日》在我们眼中就是个童话故事，但是皇太子殿下似乎并不觉得那是童话故事，而是对其感同身受，为此反复看了好几遍。

曾经，我还看过《股旅》。以前我看的股旅故事，都是模样俊俏的小哥穿着一条褶子都看不到的条纹上衣，头戴新做的斗笠，抬头看向蔚蓝的天空，还包着崭新的深蓝色裹腿，脚下踩着崭新的草鞋出现在镜头前。可市川昆导演的

《股旅》开头，小健[①]哥哥洗手不干的时候，现场轰地腾起了一片灰尘。他身上的条纹上衣全是补丁，草鞋也支离破碎的，脚板还渗着血。

我立刻就对这个故事深信不疑，因为我特别认同腾起灰尘那一幕。看来，什么东西要具有真实感，就必须又脏又破才行。

有一部电影，讲述一个中年的有夫之妇和一个中年的有妇之夫骑摩托车私奔。

有夫之妇长得特别美，但是胸部有点下垂。她把松松垮垮的胸部硬塞进紧身皮衣里，顶在男人背后，双手紧紧抱住男人。男人的皮衣底下，则鼓出了肚子上的赘肉。

因为有了鼓出来的赘肉，那个故事才特别有说服力。不知那部电影算不算大团圆结局，总之他们舍弃了旧生活，勇敢地骑着摩托车踏上了旅途。

女人在一场派对途中，对孩子和丈夫挥挥手道别，撩起印花的连衣裙，跨上了摩托车。她将开始新的生活吧。可是，她那松松垮垮的胸脯，还有男人鼓出来的赘肉，想必都不会改变。

那个即将展开的新生活充满了现实感，反倒给大团圆结局泼了一点冷水。因为真实最让人头痛。我们可能只想在虚

---

① 小健指饰演《股旅》中默太郎一角的萩原健一，其儿时昵称是“小健”。

伪和粉饰中得到救赎吧。

不久前，我去看了《莫里哀》这部长长的电影。里面有许多十六世纪的普通民众。

他们都穿着伦勃朗画作里的那种衣服，个个都像扬·维米尔笔下的女人。里面还有《乞丐王子》插画里的小孩儿。演小莫里哀的人也穿着特别夸张的衣服，而且脏得要命。

衣服上沾满泥污，打着补丁，让人冥冥之中仿佛能闻到一股臭味。路上的水洼混着淤泥。那种表现可能有点夸张，不过莫里哀自己的人生也极为夸张。那可能就是一个夸张的时代，夸张的时代就有可能走出夸张的人生，也能让才能夸张地绽放，让我这个渺小、生活低调的人艳羡不已。

莫里哀在遭遇不幸的时候（我倒不觉得那是不幸）连连吐血，我从未见过有人吐出这么多鲜血然后死去。直视着在血泊中行将死去的莫里哀，我得到了某种快感。

我决定，不再把电影分为大团圆结局和悲剧结局。穷人与富豪、丑女与美人、幸与不幸、真实与虚伪，无论生活继续抑或断绝，人的一生都包含了这一切；无论是浑身泥污，还是穿着看不见一丝皱褶的丝绸长裙，生命都是美丽的。我定定地看着吐血而死的莫里哀，产生了肃穆之情。

论极限之下的寿司与法国电影的关系

我听过一个人的故事，他二十岁就被抓去西伯利亚做苦工。

两年间，同伴们一个个死去了。

“家住在暖和地方的人先死了。”

“是因为身体没有对寒冷的抵抗力吗？”

“不对，是因为他们不懂得真正的寒冷。他们在夏天把衣服换成了食物，全吃下肚了。那些从寒冷地方来的人无论多饿，都绝不会换掉任何一片布料。哪怕这里再怎么空荡荡也一样。”

大叔指了指脑袋。不知为何，这位大叔满口金牙。

“德国人很厉害。那里有个十六岁的男孩儿，跟我很亲。那里没吃的，他又是个小孩儿，我看他可怜，就不时给他点吃的。”

我觉得，二十岁也还是个孩子。

“有一天那家伙说，不如我们一起逃吧。一起逃出去，德日再次联手作战。其实战争早就结束了，日本人放弃得特别干脆。可他却来找过我好几次，明知道根本逃不掉。他还说要偷飞机呢。我很认真地阻止了他，说只要耐心等着总有一天能回去。可他真的偷了飞机。”

“然后呢？”

“连同伙一块儿被干掉了。可惜了那个好孩子啊。”

突然，大叔换了话题。

“两年真的很长啊。白天还好，因为要干活。说到干活，也是最拼命的人先死。必须要平衡食物跟干活这两件事，假装拼命干活，实际则不怎么动。”

“是不是知识分子比较脆弱啊？”

“那倒不会，越是吊儿郎当的人越能活下来。白天还好，只是夜真的太长了。你知道我们晚上都干什么吗？”

“赌博？”

“不对。我们就聊吃的，还有电影，仅此而已。每到晚上，我们就这样并排坐着。那里有不少做生意的人，有个人是做寿司的，他就坐在人群中捏寿司。周围的人都是客人，要跟他点单。比如，点了一份金枪鱼，他就喊‘好嘞，金枪鱼’，然后假装捏寿司。点单的人就用手指假装捏起寿司蘸酱油，然后送进嘴里。光这个就能玩上好几个小时，每天晚上哦。吃完寿司，就开始聊电影。战争开始前的法国电影。

不知道为什么，反正聊的肯定是法国电影。看过电影的人会站出来讲剧情。看过的人还真不少。要是讲错了一点，就要挨骂。讲到《逃犯贝贝》，大家还一起模仿让·迦本死掉的场景。

“啊，电影就是那种东西啊。我想活下去的全部理由，就是将来再吃一次寿司，再看一场法国电影。”

肤浅的我只领悟到：人类处在极限之下，追求的东西就是食物，还有离食物最为遥远的文化。

也就是支撑身体和精神的东西吗？

我看过《歌剧红伶》。

我不喜欢歌剧，尤其见不得女高音压榨自己的嗓音，一看就会胸闷气短、筋疲力尽。

《歌剧红伶》里那位了不起的黑人女歌手深深鞠躬，开始演唱。

我大吃一惊，原来人类的身体中能够涌出如此自然美丽的声音。

我丝毫没有感到胸闷气短。如今已经存在几乎让人陷入混乱，不，已经十分混乱的各种“歌”。可是有什么歌能够媲美那位黑人歌手演绎的绚烂迷人的曲子呢？不能说“曲子”，而要说“歌声”，不，那不只是歌声，而是宇宙。

我顿时感到人体真是不可思议。

神秘的越南少女散发着强烈的魅力。她穿着恶俗的廉价超短裙，踩着滑轮鞋在家里来回穿梭。

她就像豉虫，同样超越了人体，同时又是无比柔韧的人体。

我可能不会被拉到西伯利亚去。可是，等我垂垂老矣、即将迎来死亡时，一定会带着无限憧憬回忆起在那个华丽世界里放声歌唱的黑人女歌手的身体，还有宛如豉虫，超越了体重、来回穿梭的越南少女的身体。

美人请站立

我们再也无法见到真正的美人了。可以说，美的标准本身已经不复存在。美人绝不能是尘世之人，她必须充满难以亵渎的神圣气质，如同梦幻一般，不能沾染一丝现实。在我的时代，世上已不存在这种人了。我从母亲口中听过嘉宝这个名字。提到嘉宝，肥似乳猪的母亲就会露出做梦的神情。我经常能看到嘉宝的照片，但始终看不到她的电影。

嘉宝在其美丽到达巅峰之时，带着谜一样的私生活，从银幕和媒体眼中消失了。

这个月的“葛丽泰·嘉宝电影节”上，我与嘉宝碰面了。因为都是二十世纪二十年代的电影，自然只有黑白两色，而且是默片。嘉宝嘴巴在动，却听不见她说话。银幕上不时出现字幕，一打字幕影片就会暂停，变成一串意味深长的话语。

如今，电影作为一种具有综合表现力的形式，已经发展到了几乎没有不可能的程度。在逼近现实这个方面，它早已凌驾于现实之上。这样很妙，我看《邮差总按两遍铃》时，也收获了莫大的感动。可是现在，默片与新电影已经是两个截然不同的类型了。两者传达的信息完全不一样。

嘉宝几乎不笑。她用自身的美丽造就了悲剧而命运般的恋爱。她身披蝉翼一般通透的衣裙登上银幕，宛如梦幻般交织的光影。而且嘉宝演绎了以美丽为压倒性武器的意志坚定的女人。她不是什么内敛而软弱的女人。美丽为她的意志提供了支撑。电影中一对男女相识并坠入爱河时，我往往无法认同。那个男的究竟看上了那个女的哪一点？就因为她有点漂亮吗？长得漂亮就是好啊。因此我难以释怀。

嘉宝站在那里，注视着男人。男人还没看向嘉宝，我就心悦诚服了。无从辩驳，那才是美丽的人。

我并不觉得嘉宝的黑白默片是个不自由的世界。我认为那是对禁欲而正统的美的忠诚。而且它在有限的条件下，对电影如何表现典型浪漫这一命题发起了冲击可能性极限的挑战。

因为银幕是光与影，是月光的梦幻，所以嘉宝并非尘世之人。

我那肥胖如同乳猪的母亲，年轻时又是如何叹着气欣赏嘉宝的呢？她一定眨着眼睛走出电影院，重新变回内敛的自己，返回现实的街道吧。

同时还会心悦诚服，认为那种浪漫只能发生在嘉宝身上。

就连我自己，走在涩谷拥挤的人群中时，若是看到一对幸福的小情侣穿着邋邋遢遢的情侣运动衫，黏黏腻腻地勾肩搭背，险些就要撞上我，心里也会想：“你、你、你们不知羞耻吗？只有嘉宝殿下才有资格谈恋爱，你们俩快把手松开，快松开，太难看了。”

某些年轻人可能觉得这种说法很蠢，但若对很久以前的美丽电影里的美人顶礼膜拜一番，可能会有新发现。

有人肯定会说“不相干啦”。其实，这种不相干的非现实性也能让人心情舒畅。

旋转一万次的洗衣机

亲　切

我从地铁银座站的检票口里走出来，看见一个戴着墨镜的男人挥舞着白色手杖大喊：“帮帮我，帮帮我。”

“您要去哪里？”“松屋，松屋。”“顺着这道墙过去有段台阶，从那里上去就是松屋。”“你这样说我也找不到。”

我拉着他的手走到墙边。

“顺着这道墙过去就能找到。”

他又开始挥舞手杖，对行人大喊“帮帮我，帮帮我”。

我说：“我跟您一起去吧。”

他一路都在生气地说：“所有人都很冷漠，每次都这样。”我问：“您要去松屋对吧？”他又抱怨：“世界上的人都很自私。”一阵风吹来，我们从松屋的地铁口来到了地上。“这里就是松屋。”

他甩开我的手，再次挥舞着手杖叫喊：“帮帮我，帮帮我。”我慌忙潜入了地洞。因为我很害怕。不管我把他带到哪里，恐怕他都会一直抱怨吧。我非常吃惊，因为他连一句

“谢谢”都没说。

我总会在路上表现亲切，为的就是用一句“谢谢”来印证自己是个善良的人。如果只是举手之劳的亲切，无论多少我都愿意表现，不管能否换来一句“谢谢”。

可是，如果他人要求的亲切超过了举手之劳，我还能继续保持善良吗？

朋友打来了电话。

“我外甥女明天要参加小学的入学典礼。老姐只请了上午的假，下午就把女儿送到学童保育那里去，这不是太可怜了嘛。所以我在想，要不明天下午把外甥女领到家里来。你觉得呢？”

“哪里可怜了，就让她去学童保育那边呀。你别总觉得别人可怜。我家孩子也去过学童保育。你知道我最讨厌哪一点吗？就是周围的人个个都说他可怜，真是太烦了。要是你觉得孩子可怜，孩子也会觉得自己很可怜。”“可她真的很可怜啊。”“要是真的很可怜，那你就别上班了，把她收养过来天天照顾她。”“那可不行。”“一时兴起的亲切谁都能做到。××子也每天说你跟老公离婚了好可怜好可怜。”“哎呀，她好失礼。我一点都不可怜，她什么意思啊，觉得自己最幸福吗？我明明过得那么开心，真是气死人了。”“你瞧，你也不喜欢被别人说可怜。”“不过啊，人就是想通过别人的不幸来印证自己的幸福。要是看到比自己不幸的人，就会特别放心。”

一时兴起的是神性，渐渐想通的是人心。神性有比没有好，可是只有神性就会显得畸形。

庭 院

家里不大的庭院里除了石头啥都没有。周围竖着一圈煞风景的绿色围栏，一棵树都没种。

搬过来之后的一年半里，我只会坐在房子里，呆呆看着满是石头的地面。我走到庭院里，蹲下来拾起一块石头，放在水桶里。往水桶里放了一块石头，接着就想把它装满。于是我把能看见的石头全装进去扔了。装了四五桶，全扔了。等到庭院里看不见石头了，我感觉很无趣，就从杂物间里拿出铁锹，翻开地面寻找石头。每锹下去都能挖到石头。我想，这不就像小孩子在赛河原堆石头[①]一样吗？石头好像源源不绝，挖掘似乎没有尽头，可我迟迟无法停下动作。或许，在赛河原堆石头也是一种有意思的活动，让孩子乐此不疲。如果我死了，能在赛河原堆石头好像也不错。想着想着，我突然想早点去赛河原了。

---

① 日本传说。比父母先死的孩子被视为犯下不孝之罪，要在赛河原（三途河的岸边）上堆石塔供养父母，但每次石塔即将完成时，就会有鬼来将之破坏。

后来，铁锹坏了。

我又从杂物间里翻到了好几包朋友留下的去年的花种，全撒在了庭院里。有红色，有黄色，有白色，有紫色，还有发了霉的种子。到了夏天，庭院可能会变得如同一件豪华绚丽的长襦襻。

然后，我想种树。

不如在围栏旁边种一棵雪松或白桦吧，或者把各种果树都种上一棵？我一边给种子浇水，一边想象即将变得美丽的庭院。这么一想，我突然很在意邻居家的庭院。我才不要输。

邻居家已经在围栏边种了枸橘，草坪呈现漂亮的浅绿色。院子里种着厚皮香、胡颓子和丹桂，邻居家的夫人每天都浇水。

我怎么一有点念头，就突然惦记起邻居家的庭院了？

或许，不论哪家的人，都会跟邻居比较各自的庭院，只是我从未发现罢了。他们明知道在庭院里栽树种花，将它们养得鲜活好看已经是十足的乐趣了，但是在想更进一步的时候，可能总会忍不住与他人相比较。要是有人指着鼻子说："你瞧瞧那谁家，庭院打理得多好看啊，再看看你，太懒了。你要做好计划，一样一样实行。你看看人家的玫瑰，直径足足有五厘米，你的呢，只有两厘米。像你这个样子，要达到平均水平肯定没戏。要不要降低一档啊？好好干行吗？”那么打理庭院肯定也会变成一项令人生气的工作。孩子真了不起啊，都被说成这样了，纵使不情不愿，还是会努力学习。

英　语

自从初一时学了“This is a pen”，直到大学我都在学习英语，然而大学毕业后还是无法跟外国人说话。我心血来潮，开始报英语会话班。每次都从“This is a pen”学起，基本上只能坚持三个月，不是我抽不出空了，就是会话班倒闭了。

我都不知道学了多少次“This is a pen”，连旅居德国的时候，也上了Berlitz的英语会话班。我又一次从“This is a pen”起步，邻座的德国女生一下就掌握了英语会话，一个月后便带着英国男朋友来向我炫耀了。炫耀男朋友哦。我跟洗衣店员吵架的时候，英语说得很溜。出租车司机开错路的时候，也能当场指正。然而我的英语总是只能在紧急时刻派上用场，放到开派对这种休闲的场合，就彻底不顶用了。

我去过横滨的外国人聚居公寓，第一次看到那座专供外国人使用的巨大公寓，我被吓破了胆。几个聚集而来的太太中有人专精英语口语，而我只能发发呆，原本饶舌的人被迫承受了听别人说话的痛苦，光是看着她们说英语的样子，就不知不觉间不想再去了。

后来，我去了一个新教牧师那里。他非常热心参与制止污染的运动，经常谈论污染的可怕。他家墙上挂着一幅画，描绘了黑人劳作的阴森场景。他问我对这幅画有什么感想，我想表达且不论这幅画立意如何，它作为一件艺术品的品质就很低劣，然而这种表达用日语都已经很困难了，于是我只能说“I don’t like”，随即感到万分尴尬，便也不再去了。我在那里只记住了一个单词，就是“pollution”（污染）。

后来我邀请在美国大使馆工作的日本籍女性朋友到家里来玩，因为语言相通，我问了好多问题。最后，她终于忍不住对我大喊：“美国人才不会想那些！！”后来，她就只是单纯来我家玩，不再回答问题了。

我还跟一个美国女孩子学过英语。她在巴士上向我提了关于性的问题，还花很长时间谈论了自己的性生活。我认为性意识的问题无论是在日本女性之间还是在男女之间，都是个非常难解的问题，并因此头痛不已。她只教了我如何用肯德基的炸鸡骨头来做高汤，至于真正的英语教学，还是停留在“This is a pen”的程度。

后来，我这个既没有天赋也不努力的人终于连脑子都开始老化了。尽管如此，我还是学起了英语。依旧从“This is

a pen”开始。连我自己都很无语。这好像已经成了我的习惯，或者疥疮一样的顽疾。那个美国老师看着我的嘴，悲伤地用日语说:“你发音的基础没学好啊。”

宠　物

我家的猫今年八岁，已经算是老头儿了，肚子上的毛越来越稀疏，身体也比以前小了一圈。猫整天在家只是睡了吃，吃了睡，偶尔给它一点吃剩的鱼，就兴奋得奓毛。我看着那只因为几口鱼就狂喜不已的猫，感叹“幸福”在现实生活中还是要偶然出现才好，同时暗自得意：我养猫的方法最为正确。

前不久我读到一篇文章，说有人专门用金枪鱼的中腹、牛肉的红身、鲷鱼的鱼片、奶酪、鱼糕、鳗鱼来喂猫，把猫喂得嘴越来越刁，其人还乐在其中。翻开讲猫的杂志，能看到很多这样的人。这些人喂猫吃鱼还要先剔骨，有时剔漏了，卡到猫主子的喉咙，还要半夜移驾到医院去看诊。我家的猫平时只有鱼骨头吃，所以从来不会卡到喉咙，若是让它扑到一只麻雀，能连皮带毛吃得一点不剩。

“你觉得把它养成只吃刺身的猫好吗？”我问儿子。儿子说：“你管别人怎么喂呢。”“为啥？猫就要有猫样啊。”“妈，人家猫觉得幸福不就好了。”“可是它那样吃，不就不会捉老鼠了。”“现在哪儿还有老鼠啊。”“还有见到麻雀就要扑的本能呢，靠自己能力觅食的动物本能。”“它不用扑麻雀也有刺身吃啊。”“听说刺身不够新鲜了人家也不吃，最喜欢美味的鱼店。”“那可能也是本能啊。”“那根本不是本能，就是被宠坏了，是人类把它变成那个样子的。这是对猫，对‘猫’这种存在的亵渎啊。”“那不也是你作为人类的思考嘛。真要这样说，你为啥还给家里的猫喂猫粮啊。”“唔……我给它提供了最低限度的食物。”“你还喂野猫呢。”“唔……唔……这是为了人与猫在人类社会共存。”“怎么扯到共存了，既然你说猫要野生才好，那喂猫不就矛盾了？你的行为整个是矛盾的。”这段时间，我儿子很喜欢攻击我的矛盾之处，并以此为乐。“因为是宠物，所以没办法啊。”在一旁听我和儿子交谈的妹夫轻飘飘地说。

“嗯……宠物是什么意思？这样说宠物不会很失礼吗？难道你想被老公当成宠物？”我对妹妹发起了泄愤的攻击。

“当然想啊，如果老公每天用金枪鱼卷和穴子寿司喂我，要我系铁链子我也愿意啊。”“太没出息了。”儿子插嘴道。“那有什么，自己愿意，觉得这样幸福就好啦。这明明是你的逻辑。”

我开始沾沾自喜。“但是那太没出息了。”就在事情越说越混乱的时候，我家的猫“喵”了一声，大家都笑了。不过，真的可以笑吗?

合理主义

有个坚决不自己付咖啡钱的男人。他喝完咖啡就会站起来，瞅准绝妙的时机说出“谢谢款待”这句话来。每次我都会气愤地抓过小票，决心下次要换我说“谢谢款待”。等到下次我和他出来喝东西，却又一次被抢走了绝妙的时机。

他那种行为已经可谓艺术。

可是，当我的人生遇到了金钱上的危机时，他会拿着存折和印鉴找上门来。“太谢谢了。”唯独那次，我心甘情愿地主动拿起了“饮料钱”的小票。他并非吝啬鬼。

有个不信任银行的女人。她坚持把钞票放在大手提袋里，拿着那个袋子片刻不离手。我求她让我摸过纸袋，足足有两厘米厚。有一回我邀请她去旅行，她在约好碰头的站台上挥舞着装钞票的手提袋，笑着对我说：“是你提出的邀请，所以我不用出钱，嘿嘿嘿。”这个吝啬鬼。

吝啬鬼想吃茶泡饭，就带了两片单价超过一千日元的盐渍鲑鱼来，往上面浇茶水。我是万万不敢对每片一千日元的盐渍鲑鱼下筷的。有一次，她专程坐飞机去九州采购好吃的，结果把东西忘在候机楼了，回来就放声大哭。我连专门买机票去吃芥末莲藕的勇气都没有。

她说我小气。不过这个小气的我，每年冬天的暖气费简直多得难以启齿。我情愿被烤死在煎锅上，也不愿意被冻死。

天气冷的时候，她会为了节省暖气费而不回自己家，还事不关己地说："这里好暖和啊，小气人家太冷了，好讨厌。"然后她会攻击我的金钱观就像个漏勺。怎么会呢。今年盛夏时节我都没开过空调。

她说："你这人真怪，攒了这么多佃煮和蛋黄酱的瓶子。""因为可以用来装煮好的高汤放冰箱啊。""那破运动衫呢？""剪成抹布擦玻璃。""可你攒了一柜子啊，干脆扔了吧。""不要，好浪费。""好小气啊。再说了，你花出去的电话费和暖气费，都能买好几十件运动衫了。"

而且我连塑料袋都舍不得扔，无论多么小的塑料袋也要攒起来。前不久出门时，我想起自己把一个黑色大塑料袋忘在垃圾桶顶上了，当时就变得坐立不安。我给妹妹打电话："垃圾桶上有个揉成一团的塑料袋，我要用来装垃圾，你可别扔了。"妹妹无奈地说："姐，你觉得这通电话费能买几个垃圾袋？”妹妹每周都要买一大捧花，却连老公的袜子都要缝缝补补又三年。都不知道是谁小气。可能我们都不是彻头彻尾的小气，而是合理主义者吧。

医　院

我有个朋友正在一点点修炼温泉道，就像修炼剑道那样修炼温泉道。我不知道那人用了什么方法，总之一天能泡五六个温泉，最后累得气喘吁吁。

虽不知道这东西修炼到极致是否有人给颁奖，总之那人跟不知怎么认识的人不知怎么聊起温泉的话题，就有一股"唔……你小子挺有手段"的杀气。莫非温泉道的同道之人就像同性恋一样吗?

但凡我精神稍微差些，他就会使劲劝我去泡温泉，可是我不想专程为这个去坐火车，还战战兢兢地走进混浊的水里。又担心温泉旅馆价格高的饭菜不好吃，景色不知好不好，服务员会不会很可怕，搞得自己精神上疲惫不堪。再说，如果去泡温泉或出门旅行，十个女人里起码有四个会用"哦哟，你好享受哦"的眼神看我。真的。于是我这个胆小鬼就会撒谎说："这是工作啦。"我认为工作旅行最下流，所以说白了就是不想旅行。

不过，我有的时候会一心想逃离日常这个东西，甚至急得想哭。于是，我就会恰到好处地得一场病。我肯定是喜欢得病的人吧。然后，我就会拿着一本存折去住院。踩着飘忽的脚步往医院一躺，世间就绝不会有谁向我翻白眼，连平时只知道伸手要钱的儿子也会变得极为严肃，所以相比高原上某酒店里的大床房，我更喜欢医院。因为我真的病了，还要注射黄色的林格氏液。就算再痛再苦我也会忍着。我还很喜欢医生。不管那人是秃头还是肥头大耳，只要披着翻飞的白大褂出现在我面前，我就会变得极为顺从，绝对不会提意见让医生反感。

我定定地看着病房的白墙，猛然想到这层皮囊底下竟装着无数看不见的脏器，一刻不停地工作着，顿时觉得自己的身体十分努力，还想鼓励它两句了。我把手翻过来打量，这块皮也没问题。哪怕是路易威登的手包，用个几十年恐怕也会破个大洞了，你真努力呀，虽然皱纹有点多，肉有点少，但我愿意容忍一切。如果能这样待上五天或者一周就最好，不过有一次比较惨。那次病得比较重，肚子被切开，缝了足足二十针。为了不再发生那种情况，我便时常踩着飘忽的脚步去住院，吃一些平时几乎不吃的蜜瓜和大葡萄，对着白菜和油豆腐这样清淡的饭菜长吁短叹。等到哪天突然特别想吃肉，想尽快回到人间世界，我就已经很精神了。这便是所谓的住院道。请各位务必保重身体。

洗衣机

洗衣机坏了。我如丧考妣，对它又搓又晃，但是洗衣机已经成了一件死物。我抱着它，感慨昨天它还那么生龙活虎，心中顿觉无限悲伤。此时，回忆一口气涌了出来，我一边感伤，一边觉得自己好像落语故事里拿着脏披挂去当铺，给当铺老板讲污渍来历的老太婆一样，突然又很想笑。以前那台洗衣机坏掉，换成现在这台时，家里帮工的老太太好像说过："买什么全自动啊，过去都是用手洗的，这多贵呀。"我是想让她轻松一些，所以嘴上应着"对呀"，最后还是买了全自动。我也觉得那位老太太是想对我说不能省事，所以心里有些迟疑。如今已经过去了七年。那之后不久，老太太就被远方的儿子带回去一起生活了，从此我们再没见过面。我不时打电话过去，她每次都会在那头嘤嘤地哭。

再后来，我就带着它搬家了。搬家公司那个又矮又瘦的小哥一个人轻轻松松地扛起了它，还"嗒嗒嗒"地跑下了斜坡，以免让雨水淋到。朋友见此情景，对那小哥一见钟情，叹着气说“那是个好男人”，还跟在他屁股后面跑。好男人瞬间就接好了电视机和音响，朋友还厚脸皮地问了一句：“不好意思，请问你是单身吗？”完全忘了自己有个上高中的儿子。

整整七年，洗衣机每天都要辛勤工作，有时一天要嗡嗡嗡地转上三次，也难怪它会坏掉。我一边心怀歉意一边想：听说科技进步到现在，电器产品可以永远都不坏了，但是厂商故意让它们用个几年就坏掉，这是真的吗？一想到我又得买新洗衣机，顿时气愤不已。

我想起不久前跟相处六年的女朋友分手的男人。

他当时可能深陷骇人的修罗场吧。男人靠在墙边，穿着修身牛仔裤，套着皮靴，身披皮草大衣。那身皮草和皮靴仿佛与男人的身体毫无关系，看起来像独立的存在。

“太奇怪了。我们关系不是变差了吗，结果家里的电器开始每天坏掉一个。先是吐司机，然后是电饭煲，还有电视机、洗衣机……”他扳着细长的指头，一直往下数。

然后哈哈大笑起来。

我也哈哈大笑起来。

我好像从来没有那样感慨过呢。

好了，我得去付新洗衣机的钱了。

手　账

很久以前，我就觉得自己的记忆力明显开始衰退了。最让我吃惊的是，本来很期待跟一个男人约饭，我竟然记差了整整一个星期。当我接到电话被问“你好慢啊，怎么回事”时，匆匆忙忙赶过去，人家已经快吃完了。

后来，我开始用手账记录待办事项。

只要写上就不会弄错，可是写不了的时候怎么办？

几年前，有个人在机场走过来对我说：“好久不见啊。”我也觉得这人眼熟，而且我俩好像是同一趟航班。

“小P还好吗？”

小P会跟我一起工作，我就猜这人是不是工作上的人。“小X怎么样？”小X是我学校同学，这人应该是校友吧，但不是一个年级的。

“Y前不久开了家公司呢。”Y是比我大一岁的前辈。算了，赌一把吧。“你们班上的人都很厉害呢。”“就是啊。”猜对了。我们又聊了一会儿八卦，人名一个又一个被排除了。

我还是想不起这人是谁。对方口袋里露出了半边登机牌，我正要若无其事地抽出来看——

“请搭乘该航班的乘客……”广播响了起来，放着登机牌的口袋转开了。

我们站着聊了十分钟，清楚回忆起了遥远学生时代的往事，我甚至记起了当时跟他像双生子一样形影不离的那个人的上衣花纹和名字，但是直到飞机起飞，我都想不起他叫什么，心中格外憋闷。

于是我对同行的摄影师说：“麻烦你，去跟那个人交换名片吧。”“我没带名片。”“没用的东西。”我朝他撒气道。然后我站起来走了过去。“那个，你叫什么来着？”见他一脸茫然，我很想闭上眼睛逃离这一切。但是我每次被错认为佐藤女士，就会感到很生气。

只要走出电影院，我就会彻底忘了电影人物的名字。没法记在手账上的东西，我已经放弃了。那一年年末，文具店里堆满了日记、手账和豪华日程本。朋友拿起那些豪华的年间日程表左右打量，还对我说：“我要买这个，你先去喝咖啡等我吧。”我心想，原来那家伙也开始健忘，要把所有事情都写在日程表上啊，而且还挑这么豪华的款式。等着等着，我见他买了两本黑色封面的精装日程本走过来。“买两本干啥啊？”“这本给爱子。”原来他还替上班的老婆也买了一本。我突然哭了起来。“你真好啊，还有深爱的人。”他听了转身就跑，过了一会儿又跑回来，气喘吁吁地说：“你要是不嫌弃的话，给。”

他把第三本黑色封面的日程本放在了桌上。我虽然很羞愧，但那本子实在太好看了，便说了声“谢谢”，就收了下来。

后来，因为我在手账上记事，就变得更健忘了。

没啥事

我现在住在轻井泽的别墅里。前一年则住在蓼科的别墅里。

再前一年，我住在箱根。再前一年，住在河口湖。在那之前住在那须。那些都是别人的房产，我对主人说：“哎呀，好棒。你只在夏天过来吗？好浪费呀。”主人就会笑着说：“唉，我忙啊，没办法，只能这么空着了。哇哈哈，你随便用吧，哇哈哈哈。”

我担惊受怕，生怕家里的熊孩子把什么东西弄坏弄脏了，此时却有人对我说：“洋子女士，旁边那块土地正在出售，可便宜了，赶紧买呀。”我只能眨眨眼睛，忧伤地感叹“穷人思考”就像贾科梅蒂的雕刻作品一样笼罩着我的心。

轻井泽是世界第一时髦的城市，什么东西都讲时髦，一堆全世界最不时髦的人拼命假装时髦，在这里摩肩接踵，想必让那些自古便地位高贵上等有钱人的心中十分苦涩吧。哼，活该，我现在就把自己拾掇成特别时髦的样子上街去！！

啊，还有，我没有在北海道有别墅的朋友，如果你要盖别墅，不如到北海道去盖吧。

＊＊＊

糟糕，糟糕，我闪到腰了。这么多年来我都感觉不到腰这个部位的存在，仿佛那里从来不会痛，现在总算沉痛地意识到了原来自己也有腰。我趴在十四岁的儿子背上，让他手脚并用地把我搬到楼上，宛如走进了《楢山节考》[①]的世界，又好像化身笹川良一[②]，沉浸在怠惰的愉悦中。这样的我算是讨人厌的母亲吗？

不过我儿子只在众人的环视之下上演《楢山节考》，若是周围没有观众，就算我对他喊“背我嘛”，他也假装听不见。不仅如此，他还叽叽咕咕地抱怨：“你真好啊，闪到腰了大家都对你好，要怎么才能闪到腰呢？我也想来一下。”我真的好想把他拦腰折断。想要他孝顺母亲还真难啊。住院以后，妹妹对我说：“姐姐你好幸福啊，我也想住院。最近

① 相传在日本贫穷山区，老人到了一定年纪，会被家人背到楢山上供奉山神。电影《楢山节考》就表现了这一主题。

② 笹川良一，日本社会活动家。

完全没什么事发生，我也想改变一下生活。”说着，她蹦上我的病床睡起了午觉。

＊＊＊

开始有秋天的气息了。

我养的狗桃子生小狗了。桃子长着一张柴犬的脸，身体却像腊肠犬，因为腿短，也因为天生一副“生而为狗我很抱歉”的表情，所有人都嘲笑她，所以这次生了小狗，又遭到了一轮嘲笑。

连儿子都悲观地说：“真的会有狗喜欢上桃子吗？”所以也没见她肚子变大，却在一个雨天发现她生了一窝狗崽时，儿子着实大吃了一惊。桃子带着三只鼹鼠般的狗崽吃奶，已是一副为母的神情，可是来看她的朋友全都哈哈大笑，让我想起十五年前我生下孩子给他喂奶时那个笑得直不起腰的朋友，心情很是郁闷。

大家都说：“别让领养小狗的人看到桃子。”我非常受伤。

我正在寻找明知其母丑陋，却依然愿意领养狗崽的人。

***

邻居太太点了一堆篝火。我特别喜欢火，就想拿来纸箱和废纸把火烧旺。当时一个男孩子正好路过，跑到林子里捡了好几趟枯枝过来。“地瓜，有地瓜吗？”邻居太太问道。“有有有。”我连忙跑到厨房，把剩下的两个地瓜拿来放了进去。男孩子特别兴奋，飞快地捡了好多枯叶枯草过来。

一个牵着狗的大叔走过来，烤了烤火就走了。打扫公园的大妈走过来，戴着劳保手套烤起了火。这时邻居姑娘放学回来，穿着学校制服烤起了火。

我们把两个地瓜分成拇指大小的块块，连同烤得漆黑的皮一块吃了。

男孩子捧着拇指大小的地瓜说：“我要给哥哥吃。”然后一溜烟跑了回去。

牵着狗的大叔把地瓜皮喂给狗吃了。到此为止。

***

我最近喜欢上了鱼店。一次迷路，我在那片高级住宅区中发现了一家鱼店，里面有特别新鲜的鱼。店里小哥的口头禅是：“我这儿的鱼可贵了。”不过闪闪发亮的青色沙丁鱼，五条只要一百日元。我并不是喜欢上了一百日元五条的沙丁鱼，而是喜欢观察到店里去买鱼的人，特别好奇有钱人平时吃些什么，所以没啥事也会跑到小小的店里，目不转睛地盯着鱼，实际在偷偷观察走进店里的客人。我不时在傍晚时分看到一位气宇轩昂的绅士走进店里，小哥会对他说："啊，今天来了一批好螃蟹，还活蹦乱跳呢。"绅士就会开口道："来十只。"然后又说，"五条鱿鱼。"最后，他便提溜着十只螃蟹和五条大鱿鱼走了。他家究竟有几口人啊。上回还见他买了一整条纵带鲹[①]回去。

***

今天朋友过来，表情十分复杂。原来她跟上高中的儿子看电视，电视讲到一个男的借高利贷跑了，剩下一对母子流落街头，依旧坚强地活着。

她儿子说："要是咱家变成这样，我就退学出来工作。无论多苦多累，我都要供小西上学。"

原来这对一年到头像猴子一样打个不停的兄妹感情竟如此深厚啊，朋友不禁沉醉在自己成功教育出好孩子的成就感中。

---

① 属于中型、大型鱼，体长可达一米。

过了一段时间，她带着女儿去吃饭，女儿吞掉一盘意面，又吸入了一大杯水果奶昔，然后一脸满足地咧嘴笑着说："妈妈，要是你带哥哥出来吃的东西比我的贵，我可不答应哦。"

"嗯，果然是男人温柔啊。"

我并没有觉得妹妹霸道或是坏心眼儿。

只觉得她太有女人味了。

***

朋友打来电话，说儿子要在live house表演，问我去不去。"因为我每次都是最大妈那个，好丢人呀。"我说那你干脆别去啊，她却说："我现在已经疯了，需要寻求刺激。"简直是痴心父母与中年焦虑的混合体。于是，我就顶着天寒地冻出门了。

准时来到会场，我发现角落里有个头发花白的中年男人，穿着一件很普通的大衣，浑身不自在。而他旁边差不多及腰的地方，站着一个狂野不羁、充满自信和魅力的妻子，还冲着我喊："啊，这边这边。""啊，就这么点儿？""是呀。""真的要搞？""要搞的。"不过又有四五个年轻人走进来坐下了。红色绿色的灯光像疯了一样燃烧，倒是让我感受到了演出的热情。

从live house走出来，我们去了酒馆。孩子父亲说："那几个小子真不赖啊，当着也就十个客人的面拼命表演。还自己贴钱呢。像我这种人，自从毕业以后，除了订单就啥也没干过。要是没有金主，我是绝对不工作的。"他们的儿子在大学搞设计，凭兴趣组了支乐队，并不打算成为专业的音乐人。

"我们都老啦，只能一条道走到黑。"他的妻子就靠搞织物这一条道搞得腰肥体硕。

我突然很想摸摸她的腰，但是怕被误认为同性恋，就忍住了。

我一条道走到黑有什么不对！！我心中激荡着这个情绪，同时又有点羡慕这种什么都能做的年轻。

* * *

啊，讨厌讨厌，好讨厌。我在电话里跟某个公司的大叔吵架了。

因为是对方不好，所以我一直对他大吼大叫，而他也一直道歉。我的话语顺着电话线，径直掠过了那个不停道歉的大叔头顶，于是我在这边险些站立不稳，为了支撑自己而更加大声地嚷嚷。

明明不是我的错，我却因为自己对别人大吼大叫而感到失落，万一回想起来，那些会笑会哭还有点善良的自己全都被大吼大叫的自己给遮蔽了。讨厌，那我该怎么办呀？

于是我去寻找看起来很和蔼，但肯定在哪里发过脾气的人，打电话过去。

“嗯，生气就是吃亏啊，不过我前不久也没忍住。明知道别生气最好，但还是生气了。”

我听到了期待的话语，顿时安心了许多。唉，好讨厌啊。

世上不存在淑女

另一半

我看电视的唯一趣味，就是想象万一电视剧里的男人都是我对象怎么办。每次看到自己喜欢的男人被女人甩，我就很不是滋味，若是看到被甩的男人耷拉着肩膀垂头丧气地走开，我就会大声喊：“为什么放弃啊！追上去揍她一拳！上啊！！上啊！！太没用了。要是我肯定不会甩了他。”

儿子会无奈地说：“妈，你安静点。”

就这样，我知道了男人也分好几种。

比如草刈正雄，这种男人会追在我后面。就算我不愿意，他也要死缠烂打。我会断然拒绝，死命拒绝。正统美男子一般都属于追在我后面的类型。

藤龙也就有点不一样。我喜欢藤龙也，看到他会心中小鹿乱撞，但是他很难搞。若要跟他维持关系，我可能要不断受伤，而且即使受了伤，我也很难放弃，会一个劲儿地追上去，若是追上去，就更要被他嫌弃。哪怕待在一起，也会忧心忡忡，坐立难安。然后突然之间，藤龙也就从我眼前消失了。只要电视上出现藤龙也，我就会特别可怜自己，恨不得哭出声来。电视真的好棒！！我正哭得伤心，草刈正雄就会冒出来对我哄了又哄，所以我也希望草刈正雄在场。

感觉比较顺利的是山崎努，我跟他应该能成为理想的一对，山崎努会让我变成越来越好的女人。而我也能让他变得越来越有味道，越来越像个好男人。就算遇到非常紧急的事态，我们也能冷静而知性地应对。因为一直都这样想，所以现在我已经不把他当外人了，甚至感到很亲切。电视真的好棒！！

还有一个应该能处得很好的人是石立铁男，我跟他可以每天都活得很有意思。石立铁男有时会出轨，我会火冒三丈，对他又踢又抓，然后继续过着每天都很有意思的生活。我们无法促成彼此心智的成长，就这样变成一对幼稚的老头儿老太。然后啊，我们会在养老院里互相骂脏话，此时已经变成老头儿的草刈正雄就会过来追我，而我则断然拒绝。

这些全是我的另一半。我几乎花了二十年时间才得出一个结论：结婚只靠彼此的缘分，一点都不知性。这就是我花费在失去伴侣上的时间。现在跑去看电视研究缘分也已经晚了。人往往在为时已晚之后才会想明白各种事情。

“上回我走在街上，碰见一个看起来好棒的女人，走近一看发现是自己老婆。”

还有人结婚二十年依旧这样说。

盛装

我穿衣服不讲究时间、场合、活动，也没有盛装。我既没有专门为某些场合准备的战袍，也没有气势汹汹上战场的心情。

一旦有人要办婚礼，我就会手足无措。

尽管如此，十年前我也量身定做过一条黑色连衣裙，去婚礼穿，去葬礼也穿。

后来慢慢就不穿了。我发现自己并非讨厌那件衣服，而是讨厌婚礼。仔细想想，结婚典礼、入学典礼、毕业典礼这种带“典礼”二字的活动，我都很讨厌。所以我一直都缺少去参加典礼穿的衣服。

再进一步想，我还发现自己并不喜欢去人群集中的地方。所以，我理所当然地没有派对礼服。无论如何都要出席时，我会借别人的来穿。就算没有派对礼服，我也有愿意借礼服给我的朋友。我真是个幸运的人，有那么多好朋友。

尽管如此，每年一到一月，我还是会猛然意识到，自己又老了一岁。然后下定决心，今年一定要打扮得漂漂亮亮的。

可是，漂亮的先决条件是勤奋。勤奋翻阅时装杂志，勤奋逛街，若是买了东西，还要勤奋整理和保养，每天都要勤奋地思考服装搭配，勤奋地试穿，还要勤奋地跑美容院。对了，搞不好还要化妆呢。尽管如此，我还是惧怕时刻流逝的青春，慌忙抓起钱包上街买一件高档大衣，只是回来一看，我手上并没有大衣，而是多了毛裤、不知什么时候穿的马裤，还有童裤和鲑鱼片。好累好累，我不想勤奋了。于是，我总是没衣服穿。

我这一行就算没衣服穿也没关系。话虽如此，有时还是要见一下人。因为不知道穿什么，基本每次都穿白色纯棉套头衫和牛仔裤。这身衣服可以穿着画画，穿着跪在地上擦地板。不过我好歹是个女的，也想戴一些丁零当啷的首饰，所以两个抽屉里塞满了缠在一起的丁零当啷的首饰。

借派对礼服给我的朋友翻着我的抽屉说："真是服了你，气死人了。怎么全是塑料假货，一个真的都没有。我说，你真的一块宝石都没有吗？"

我把她当成好朋友，不过，她可能没把我当成好朋友吧。

牛仔裤

我看到小学的纪念照片，它特别脏。不是说照片老化发黄，而是照片里的孩子都穿着脏兮兮的衣服。但是仔细一看，里面还是有两三个还算干净的小孩。想必无论在哪个时代，想成为那两三个人都十分困难。我上大学时，一年四季只靠一条牛仔裙过活。裙子是扁平的三角形，穿在瘦长的我身上，据说宛如风中摇摆的鱿鱼丝。当时日本已经慢慢从赤贫时代走出来，而我则属于尚未完全脱离的那部分人。

现在，我几乎每天都穿牛仔裤。前段时间有人谈论“lady”不应该穿牛仔裤，我带着遥远的憧憬，对“lady”这个词进行了思考。我身边完全不存在有资格被称作“lady”的人。就算我脱掉牛仔裤，也成不了“lady”。但是，我认为女人还是不要穿牛仔裤的好。每次战战兢兢地把双腿插进两个裤筒里，我都会这样想。我每年都决心不再穿牛仔裤了。可是一旦深深陷入名为牛仔裤的及腰泥沼，用力拉上硬邦邦的拉链，就再也不可能挣脱出来了。

我穿着牛仔裤在厨房乱转，上厕所时哪怕没带手帕，也能双手在腰臀部蹭蹭完事。若是橡皮擦变黑了，就使劲在大腿上蹭白，就连指尖沾到了颜料，也只要往牛仔裤上擦个两三下就好。走到大街上，多的是比我这条还要脏的牛仔裤。我有个年轻朋友，见我要把磨损的牛仔裤扔掉，竟然表示："哎呀，现在正是最好穿的时候呀。"而且偶尔换上裙子，我就会担心别人把我当成勾引男人的坏女人，顿时感到通风透气的两条腿格外没有安全感，而且要是那天平静地过去了，我也会气不打一处来。

"lady"才不会想这种事情。可悲的是，我丝毫不可能出没于严禁穿着牛仔裤的上等场合。

我认为，世上不存在实用的漂亮。无论怎么不合理，也要强忍下来，并且装出若无其事的样子，这才是爱漂亮。爱漂亮的条件就是不惜花费大笔金钱和时间。我认为，属于"lady"的女人和无法成为"lady"的女人，最好都不要穿牛仔裤。她们最好不要养成盘腿坐在地上大口啃番茄这样的粗鲁习惯。

如果现在有人给我拍照，会拍成特别脏的照片。这都要怪牛仔裤。

狗

我家有狗了。

它原本是一条柴犬血统的狗崽，最后却没有长成柴犬。它长着一张眼角下垂的柴犬脸，还有四条异常短的狗腿，以及陶管一样细长的身体，样子十分罕见。这条狗慢慢长大，一心想着获得众人的宠爱，可是第一眼看到它的人，不是大笑就是沉默。常来家里的人对我抱怨："我不想看到它，每次看到它的眼睛，心里就会揪得慌。你不能想想办法吗？"其实我也尽量不跟它对上目光。每次对上目光，那条狗就会把尾巴摇成残影，仿佛马塞尔·杜尚的《走下楼梯的裸女》。看到它这样我就会想，对一个不喜欢的男人若即若离，享受完追捧之后的愧疚应该就是这种感觉吧。它是一条母狗，不过在外面遇到其他的狗，也只会抬头看着我，幽幽地摇着尾巴，假装自己不是狗。

过了好多年，狗都没有生小狗。儿子说了一句让我震惊的话："它是不是腿太短，不能那个啊。"奇怪的是，它有时候肚子会长大一些，乳房也凸出来。儿子上去一捏，还会流白水。我想："它要生孩子了。"然而最后并没有生出来。

别人笑话它："太不受欢迎，只能假孕了。"因为次数还不少，让人渐渐不再可怜它长得丑又不孕，反倒认为这条狗就应该如此了。

一次，它的肚子又变大了，但总有点不太认真的感觉。一个雨夜，狗钻到阳台底下，我把它拽出来，发现里面有三只狗崽。狗崽们长得好像鼹鼠。不知为何，我心里喊了一声："太棒了。"

狗突然不再是狗，成了母亲。

它舔舐着狗崽，躺下来喂奶，神情跟以前截然不同。

它全身散发着坚强的气息，我把它呼唤过来，想夸奖两句。只见它一脸不耐烦地走过来，明显应付式地摇了摇尾巴，然后转身回狗屋去了。

接着，它躺下来，睁着眼却没有焦点。那个曾经眼中满是渴望的狗，现在竟换成了无欲无求的眼神。那个一点都不安分、无论长到几岁都像个小孩的狗，一转眼竟换上了看破红尘、远离世俗的宁静神情。难道命运不能开拓，必须被动接受吗？哼，看到这双眼睛，还有谁能笑得出来。真是太伟大了，明明是单亲家庭，却一点儿刺都挑不出来。

滑　雪

我从来都不懂滑雪人的心情。每次在上野站看到扛着巨大的板子，穿着鼓鼓囊囊、又重又难看的靴子，背着战后人们去黑市采购用的大背包，走路摇摇晃晃的年轻男子，我心里只能想到“太辛苦了”。他们身边的女人也一副让人怀疑性别的装扮，雄赳赳气昂昂地迈着步子，浑身散发着“我只对体力和腰力有信心”的气场，仿佛那种自信能够给人生的每一时每一刻带来助益，真是厚脸皮。尽管如此，我身边还是渐渐没有了不滑雪的人，每逢休息日，我总感觉自己被朋友抛弃了，便跟他们去了一次。

太冷了。早上起床，被子边缘竟立着霜柱。想洗把脸，发现毛巾定形成了平行四边形。我只能端着直挺挺的毛巾走进盥洗室。水龙头能出水，不过洗脸池底部全是冰。我把平行四边形的毛巾打湿一点，用那湿润的一角擦了擦眼睛。我到最后都没有勇气把整张脸洗完。

然后，我走到一个叫练习场的地方。好久没有进行扛着大板子行走这种重体力劳动了。当我把板子固定在脚上，顿时产生了“这就叫‘碍事’”的感觉。自诩高手的朋友告诉我，如何把板子横过来一点一点爬上山坡去。我一点都不想把滑雪板横过来。

好，只要朝着下面滑行就对了呗。我这人就是胆大，所以直接略过了横着走。我要滑啦，让开让开——我把板子朝着坡下，竖起杆子，挺起胸膛，沉下了腰。出发啦。有点奇怪。我明明应该往下滑，板子却倒退着往上走。出发啦。每次我沉下腰，板子就带着我倒退着往山上爬。从那以后，我就再也不滑雪了。我还有个朋友，只要蛙泳就会往后出溜。

窗

我住在山里，占了两幢挨在一起的房子的其中一幢。周围看不到别的房子，全是树。隔壁那座建在斜坡上的房子，也只能看到天和树。从巴士站走过来只要两分钟，不过那是伸手不见五指的两分钟。

女人会紧紧闭上眼睛一路狂奔，然后抱着玄关的柱子气喘吁吁。

就算年轻男人也说："你还是找人安盏路灯吧，我真的怕得想半路折返了。"

"这儿就两座房子，谁给你安路灯啊。"

"那你就出钱找人安呀，花多少钱都得安。"

我跟孩子两个人住在这里，人们都觉得我是个胆子奇大的女人。

我是不怎么害怕。

隔壁的姑娘每次下车就会用公共电话联系家里。然后她母亲和家里另一个姑娘就会拿着手电筒结伴过去，最后跟狂奔过来的女儿抱成一团。这种时候，我虽然很生气儿子半夜跑出去买饮料，但也觉得他很可靠。

我家屋后不到五十米的地方，有人上吊自杀了。

邻居太太面无血色地跑过来告诉了我，还把她面无血色地从警察那里刨根问底得到的信息也说了出来。

“听说发现尸体的人是一对情侣呢，好讨厌。”

我明明住在这里，却没有注意到。对了，这里也是半夜情侣幽会的好地方。那人上吊的地方在一片树林里，平时远处的钻石形射灯会在那一带落下亮闪闪的灯光。

“我讨厌这个地方，好想搬家。”

邻居十四岁和十六岁的女儿说。

“情侣肯定吓了一跳吧。”

我很同情那两个人。

“别到时候因为这个分手了。对了老妈，听说那对情侣是靠在树上亲嘴的，睁开眼睛发现有只鞋呢。”

半夜出去买饮料的儿子一点都不知道收敛。

邻居先生说：“自杀的人最后看到的家庭灯火，就是从这扇窗户透出去的吧。”

那间茶室的方形雾玻璃正好对着外面的路。

伯爵夫人的太鼓

《我的洋风料理笔记》是人事院总裁佐藤达夫的夫人雅子的家庭料理书。

按照这本书的内容，我给儿子做了许多次他爱吃的“伯爵夫人的太鼓”，还做过名为“饮酒”的甜点。这本书已经又旧又脏了。但是对我来说，它不像料理书，反倒更像幸福的上流家庭小说。雅子夫人小时候，她父亲从欧洲给她寄来了漂亮的明信片、真丝缎带、心形胸针等礼物，还教会她西方礼仪。母亲虽是明治时代的人，却在制作德国点心的家庭里长大。这些都是菜谱与菜谱之间写下的故事。这种上等人家的女儿嫁到门当户对的上等人家，聪明贤惠，伺候了婆婆四十年，那婆婆的坏心眼儿也随着黄油的香味一阵阵冒了出来。从汤到甜点，她用一手美味的料理牢牢抓住了一家人的心，从桌布的刺绣（那张桌子上还有华丽的雕花）到女儿的嫁妆床，都由她亲手制作。

她的丈夫达夫身为人事院总裁，有着我们这些平民难以想象的忙碌工作（绝对没错），但是每天都不忘带上爱妻亲手制作的便当，晚餐则必定与一家人坐在一起，真是令人惊叹的壮举。令人艳羡的夫妻、温柔可亲的女儿们、家中二老，再加上具有崇高的社会地位和教养，道德水准、经济实力及历史背景的牢固家庭，都被雅子夫人打理得井井有条……这就是菜谱的字里行间书写的故事。

我曾照着这本菜谱在厨房里做过匈牙利牛肉汤。小时候我们只能吃芋头做的丸子，更别说收到真丝缎带了。战后一片混乱，许多孩子的父母没有机会学习西方的餐桌礼仪。在餐桌上，他们至多会瞪着眼睛对孩子说“剩饭的话眼睛会瞎哦”或“把胳膊肘放下来”，父母在此期间也常常争吵。这从多种角度反映了日本人喜爱追求高级事物的群像。我不喜欢穷人，所以我按照菜谱学习上流社会该有的样子，变得高级起来，就像犬养道子的《一段历史的女儿》和《花和星》里的人物一样。我也不知道为什么，大概是对穷人抱有偏见吧。

在报纸的报道中得知佐藤达夫死去的消息时，我感到极为震惊，并且为雅子夫人深感遗憾。这与那些纳艺伎为小妾的政治家的死全然不同（虽然我不清楚实情）。不久之后，我又看到了雅子夫人去世的消息。我不禁对这个陌生人展开了想象：她这个年纪还不应该去世，可能是想早点到丈夫身边去吧。最关键的是，我特别羡慕追随丈夫早早结束人生的夫人。幸福的家庭小说就此结束，真的很遗憾。

河　堤

多摩川的河堤上，一个看似不满四十岁的男人停下摩托车，凝视着河岸。

他叉开双腿稳住摩托车，身前还坐着一个五岁左右的男孩子。

长满芦苇的河岸上有一条自然生成的越野车赛道，几辆摩托车正在里面转着圈子。一辆摩托车翻了，骑手高高飞起。

“啊……啊……啊……”

我停下脚步，盯着那个飞起来的男人。

“没关系的。”

车上载着小孩的人说道，目光并没有看向我。

“摩托车真可怕。”

“不会，世上没有比摩托车更安全的交通工具了。只要上面的人乱来，哪怕骑自行车也很危险。”

他的话很有说服力，让我感到此人非同寻常。

“你是赛车手吗？”

“不是。”

我一定是不依不饶地问了许多问题。当他说自己是替身时，我还以为那是马戏团里的工作。

“这在日本电影里不太常见。其实不仅是摩托车，我什么都干。我给史蒂夫·麦奎因当过很多次替身。”

我当时的眼神中应该充满了怀疑。

“这段时间就不自己干了，专心培养年轻人。我那儿的年轻人很快就来了。”

于是我开始四处寻找可能会开过来的摩托车。

就在那时，一辆涂成橄榄绿色、好似装甲车的车子停在了河堤下方。

“啊，来了。”

跨坐在摩托车油箱上的孩子说。

好似装甲车的车子后门打开，里面有两匹雪白的大马。那两匹马被年轻男人牵着，走向了河岸。

替身把摩托车上的孩子放下去，那孩子跑向了白色大马。

话 语

无眠之夜与无书可读的电车上，我还有一种乐趣，就是想象自己的葬礼。上次朋友的夫人去世，那个朋友特别有干劲，把葬礼办得风光漂亮。他看起来那么轻盈而富有节奏，绝不犯错，对一切事情都早有准备，宛如他突然发现了自己的特长。我从未见过他如此生龙活虎的模样。我希望自己葬礼的委员长不是那样的人。我希望那个人内心动摇，行事笨拙，磨蹭而混乱。毕竟死亡是人生最大的戏剧。哪怕我是九十五岁脑软化好似睡着一般死去，哪怕参加葬礼的只有两个人。我会想象那究竟是哪两个人。我可能明天就会死。儿子会紧紧抱着我的尸体号啕大哭吗？我希望他紧紧抱着我，被妹妹的老公抱着肩膀，好不容易才从尸体上拉开。我希望朋友们在黑白幕布的背后争论，是否要拿掉我的戒指，是否要放进棺材……

我读了《道别辞典》这本书。离别也是一种死。这种死的文字不分合理与否，凭着大量的独断和偏见被收集起来，覆盖了昭和初期到现在的各种领域——文学、电影、电视、歌谣曲、艺人的新闻发布会等。

里面有“只要是我不要的东西，哪怕是丈夫，也全部扔掉”（若尾文子[①]）这种勇猛的扔垃圾大妈；还有先说“离婚的原因是我们结婚了”这种不只是哲理还是装傻的发言，然后接上“如果下次再结婚，只能是跟那个人”这般温柔情绪的前川清[②]；他的对象藤圭子则说：“婚姻这种东西，只有特别聪明或特别迟钝的人才能承受。我虽然是个笨蛋，不过看来并不迟钝。”这两人的说法在旁人看来可谓绝妙得同声同气，而且重点在于，如果因为这个而分开，那一定存在只有两人才明白的微妙的东西。“我是一点儿都搞不懂。”小林旭[③]看起来茫然自失，并且感叹，“你能明白一个人拼命流泪，独自睡在宽敞双人床上的那种心情吗？”

“就此别过，告辞了。”木枯纹次郎[④]言简意赅。

“我恨你，我恨你，因为我不是温柔的人，所以我恨你。”中岛美雪宣泄着她的恨意。“我不怨恨你，就算这颗心破碎成千片，我也不会怨恨永远失去的恋人。”海涅则会这样逞强。无论什么诗人，面对突如其来的别离都会手足无措，连魏尔伦也会抛出最朴实的疑问：“这不是梦吗，这竟是真的吗，竟

---

① 日本女演员。

② 前川清与藤圭子均为日本歌手。

③ 日本演员、歌手。

④ 日本推理小说作家笹泽左保笔下的人物。

有这样的别离吗？”唯有最朴素的疑问，永远无法得到答案。

我找到了代替葬礼的新娱乐。晨光照亮的餐厅，芒草和狗毛都闪闪发光，咖啡冒出香气，我正呆呆地沉浸在幸福中，对象突然毫无征兆地对我说：“分手吧。”

不如我假装没听见，起身去尿尿吧，或是装出异常冷静而诡异的样子说：“你再说一遍？”要么就是一言不发，簌簌地掉眼泪。不然，我还可以极尽伪善地说：“谢谢你，我很幸福。”要不干脆抓起菜刀捅过去，互相叫喊“杀了你”，然后挥舞着菜刀在晨光中跳着舞离开。不如跪倒在地，苦苦哀求？不如像“我的爱总像歌一般被舍弃”（谷川俊太郎）那样装腔作势吧？

我沉浸在不安与兴奋中，压根儿顾不上葬礼。肉体的死灭只有一次，现实中无法体验自己死后的感觉。

可是别离是人生中途的死，我们必须用活着的灵魂和肉体去面对。或者，要面对很多很多次。

那个时候是否存在有效而温柔的话语？人们会想听别离之人道出的话语吗？

“我讨厌你，不想见到你。”若是没有做好准备接受这种压抑了一切的轻蔑与憎恶，那最好不要与人别离。看似温柔不一定是真的温柔。短短一行别离的话语能够让人联想到种种戏剧。只要能够想象，就是最好的。

青蛙王子

《青蛙王子》——我并不知道这是一则《格林童话》。以前哥哥恳求母亲讲故事，母亲就讲了这个故事。在此之前，母亲讲的故事都是桃太郎和一寸法师之类，因此这个故事显得格外灿烂，格外光芒四射，连讲故事的母亲都显得灿烂又光芒四射了。那时我大概五岁。

讲到青蛙吧唧吧唧地喝汤，我不禁想：公主要是没有同情他那副可怕的模样，跟他做那种约定该多好啊。我既为公主的轻率感到着急，又痛恨青蛙的厚脸皮，并且理所当然地带入了公主感到恶心的心情，然后把公主当成恶人，认为她一定会受到惩罚。所以，当她把青蛙砸到墙上时，我心中十分痛快。[①]虽然后来青蛙变成英俊的王子，我也特别高兴，但也觉得如此美好的故事实在太不恰当，内心混乱而疲敝。

幼年的我一心认定“故事”是为了给人以教诲，没想到

---

① 《格林童话》中最早的版本是公主把青蛙砸到墙上变成王子，后改为亲吻青蛙。

期待竟遭到背叛，所以才会如此混乱。而且那种心理的现实感十分强烈，让人很难忘记。无论是小时候还是现在，我都无法理解这个故事。除了它，我再也没遇到过情节、心理如此让人难以理解的故事了。

丑小鸭

父亲念给我听的第一个童话，就是安徒生的《海的女儿》。

战后的大连，父亲失去工作，必定十分清闲，我们也终日吃不饱饭。若是又冷又饿，听到卖火柴的小女孩的故事，就会感同身受，同时，我依旧觉得安徒生的世界有着现实世界所不存在的美丽，我们也都明白，现实与童话是截然不同的东西。

经历过饥饿严寒的大陆之冬，《海的女儿》和《丑小鸭》仿佛都是老天爷的恩赐，让我无比感激。

那一天，我为美人鱼无法说话的困境感到悲哀，但正因为无法说话，安徒生的故事才美得没有止境。

当美人鱼化作海中的泡沫，我顿时沉浸在难以自持的遗憾和悲伤中。

正因为遗憾，我才对美人鱼无法忘怀。

我对丑小鸭变成白天鹅的结局格外满足，正因为格外满足，才难以忘怀。

我认为，我是安徒生单纯而称职的读者。

我给儿子念了丑小鸭的故事。

儿子说：“为什么白天鹅比野鸭好？”

我从未思考过这个问题，因此回答不上来。

“这对野鸭太不公平了。”儿子说。

从小就对水上漂浮的天鹅怀有高贵优雅的印象，并对此深信不疑的我，此时彻底失去了声音。

“那你觉得该怎么办？”

“野鸭只要高高兴兴地像野鸭一样活着就好。”

儿子说。

我当时一定手足无措。

“所以这个故事在说，不要跑到别人家当他们的小孩。”

儿子当时的年龄，正是我为长成白天鹅的丑小鸭送上由衷祝福的年龄。

一定是他当时的词汇量还不够，所以才没说出更深入的话。可是，因为儿子这番话，《丑小鸭》在我心中粉碎了。

对我来说，安徒生是永恒而完美的化身，我从未想过要对他提什么意见。

我对古典的尊敬，就是原原本本地接纳，并因此而满足。

若问我为何对安徒生怀有常年不变的钟爱甚至难以亵渎的敬畏，当然是因为他创造的世界美丽而无瑕。

直到现在，我仍将安徒生当成无上的美好，对其深爱不已。

可是对儿子来说，“丑小鸭”究竟是什么呢？

儿子对安徒生提出了异议，但我并不打算责怪他。为命途多舛的丑小鸭长成白天鹅而由衷感动的幼年的我，以及质疑“这对野鸭太不公平”的儿子，两者究竟谁更温柔，我也不得而知。

记　忆

附近的多摩川河堤上发生了杀人案。我开车经过时，看见那里停着好几辆警车。一个相熟的太太在睡衣外套了羽绒服，双手插在口袋里，站在旁边观望。当时不到早上八点，我因为家附近发生了凶杀案而兴奋不已，迫切期待警察过来问我一些问题。可是警察啥都不问，还朝我比画着体操似的动作，催我赶紧离开。

我坐在家里，警察又找上门来询问："昨晚八点到十点左右，你是否去过河堤那边？"我万分遗憾地回答："没有。"这种感觉就像客人远道而来，我却连一点特产都拿不出来，只能一边跟客人道别，一边后悔哪怕家里还剩几块点心或是别人送的松茸也好啊。

我试图回忆昨天做了什么，但是想不起来。仿佛昨天这个日子压根儿不曾存在。

我同样想不起前天做了什么。我记得在超市里碰到了孩子的朋友，但搞不清那是两天前还是三天前。

突然，我想起来了。昨天我花了整整一个半小时到目黑的朋友那里去，晚上九点半路过了案发现场。我还清楚记得那里有辆车，旁边站着两三个身穿西装的男人，甚至想起那辆厢型车的车身上描绘了天蓝色的线条。

我走向双手插在羽绒服口袋里的人，问道："怎么样了？"她说："好像抓到凶手了。"我大失所望。随后，我对自己的记忆力彻底失去了信心，若是有个什么万一，需要提供关系生死的不在场证据，我却连昨天的事情都想不起来，那一周前，甚至一年前的事情，我该如何证明呢？想到这里，我不禁毛骨悚然。

若是一直想不起来，我可能要被屈打成招，于是想到了写日记。可是记录自己今天做了什么的行为实在过于无聊，我无法忍受。

后来我搬家时，翻到了一本日记。上面写着："五月四日，去鱼店，归途在莲花池休息。"我想起了那时的天空和微风，还想起了同行的朋友从莲花中伸出来的腿上的毛。要是没有那个记录，莲花池的风和当时的天空恐怕要永远消逝了。于是我又想到了写日记。直到现在，我还没想起昨天做了什么。

阿　香

儿子三岁时去上保育园，被一群等待已久的女孩子围住，连影子都看不见了。

一个女孩子像侍女一样双手奉上儿子的室内鞋，一个女孩子像人妻一样接过儿子的塑料书包挂了起来，还有一个女孩子像提鞋的下人一样提着他脱下的鞋子走向鞋柜。

我莫名恐慌，生怕儿子一辈子都这么有女人缘。但是莫名恐慌只持续了一段时间，宛如一阵风掠过。

下一次，女孩子的钟情对象就变成了小泷。我心中顿时涌出嫉妒。儿子对此没什么反应。小泷扑过来抱住了儿子。这下我又开始担心儿子是不是容易吸引同性恋。儿子喜欢桃子，而桃子是大家的偶像，所以年纪轻轻就带着几分傲气，且脾气极差，对谁都不温柔。

尽管如此，桃子始终是当之无愧的女王。阿香来玩时对我说："我喜欢阿弦，可是阿弦好像不喜欢我。不过没关系。"儿子则对过来玩的桃子纠缠不休，最后被嫌弃。我很想抱紧阿香。

当时五岁的孩子们放下了五岁的恋情一点点长大，最后再也不见面了。尽管如此，我还是每隔几年就会在路上碰到阿香，并且听她大声对我喊："阿弦妈妈！"她已经出落成了水灵灵的大姑娘。阿香那种让人亲近的性格，总是让我心中一热。

儿子长到了十三岁。

一天，儿子跑进来说："啊，吓死我了……以前在站前保育园上学的那个阿香，刚才突然很大声喊我：'哎，那不是阿弦吗！'那家伙头发染成了黄色，穿着特别夸张的衣服，还站在游戏机店门口。我差点被她吓死了，好可怕……"

"后来你怎么做了？"

"因为事情不妙，我也没仔细看就逃回来了。"

"我好想见见阿香啊。她真是个好孩子，让人感动得哭出来的好孩子。"

"老妈很喜欢阿香，对吧？"

"嗯。要是现在见到，不知我还能不能认出来。"

"她肯定能认出老妈吧。"

那种天真的温柔竟是如此露骨的软弱吗？十三岁少女的亲切竟如此令人痛心吗？我想抱紧五岁的阿香，也想抱紧十三岁的阿香。

最后一次见到阿香，也不知是多少年前了。

猫

“好想让它生一次小孩啊。”十一岁的儿子如是说，让我吓了一跳。他满眼泪水，紧紧抱着已经被去势的猫咪。

我感到万分愧疚。对猫是，对孩子也是。所以决定收养那只黑色流浪猫时，我没有带它去看医生。

黑色流浪猫是公猫，天真得令人无语。它走到家里的狗旁边，磨蹭狗的脸颊，狗则定定地看着黑猫，同时歪过了脑袋。后来，黑猫便会坐到狗的两耳之间玩耍，狗则静静地眨着眼睛。再后来，它们整天都在狗屋里一起睡觉。

黑猫已经不是小猫，后来开始跟之前那只被去势的猫一起睡，两只公猫摩肩接踵，让我想起武者小路实笃的字画“好友甚美”，以及上面的南瓜。

后来，黑猫开始在家里不安分地走来走去，发出短促而奇怪的声音，像在做自己不习惯的发声练习。它发情了。

黑猫不谙世事，所以骑在被去势的猫背上，发出绝望而急迫的低吼。我暗道不妙，却忍不住笑了起来。因为忍不住笑了起来，我感到十分内疚。

黑猫骑在俯卧的狗背上，死死抱着狗腰，发出阵阵呜呜。家里客人大惊，朝我这边看了过来，我则不知往哪里看才好。

下一次发情，黑猫充满了力量，仰着脖子阵阵嚎叫。然后双腿多了许多好似斑秃的伤痕回到家里来。

第二天，黑猫的尾巴也秃了，尾巴根变得像一团乱糟糟的草绳。它开始发烧，而且又跑出去了。

后来它变成一副破抹布的样子跑回来，唯独声音还充满了力量。那个摇摇晃晃走出家门的公猫比同性恋猫更具有宿命的悲情和坚定，让人热泪盈眶。

要长大成熟很难。

长大成熟以后也很难。

被去势的猫整日过着安稳平和的生活，我因为它的安稳平和感到愧疚不安。

与遍体鳞伤、傲然为雄的黑猫相比，安稳平和究竟能算什么呢?

可是，那个满眼泪水、抱着猫咪说“好想让它生一次小孩”的十一岁的儿子，又知道些什么呢? 我仔细想想，就觉得害怕。

孩　子

母亲给我讲过，她五岁时为了玩过家家，跑到寺院里去偷和尚精心栽培的菊花。

当她摘下有她脸盘大的花朵时，被和尚按住了后颈。五岁的母亲大喊：“要尿裤子啦！”和尚惊得松开了手，于是她趁机逃走了。我无论如何都想象不出五岁的母亲的样子。

我无法理解母亲也有童年这件事，因为她从一开始就以大人的形象出现在我面前，不曾动摇。

当我想到儿子跟我有三十岁的年龄差，孩子无法看到我一路走来的历史，顿时感觉自己就像金太郎硬糖[①]，无论从哪里切下去，都会露出同样的面孔，矗立在儿子面前。

而我看着五岁的孩子，得以重新找回五岁的我。

但我已经无法看着今年十三岁的孩子，再找回十三岁那年的我。他渐渐长成了男人，而我无法活成男人。

---

① 一种工艺糖。将不同颜色的糖块组合在一起，搓成长条后切割成块，每块切面都是同样的图案。

那么，要儿子理解他四十多岁的母亲更是不可能的，他反倒觉得这样的母亲很烦人吧。

前不久我读了一本心理学书籍，上面写道：世上不存在大人，只有假装大人的小孩。我不禁笑出了声。儿子听见我突然大笑，走过来问："什么？什么？"

我把那段话大声读了出来。

儿子说："是啊，装得越像的人越坏。"

"比如呢？"我催促道。

"比如掌权者。那种人只不过装得比较像。"儿子说。

嗯，这个思路很不错啊。

不过，这个十三岁的男人倒是装得比我像多了。

假装学习，假装听不见，假装可怜博取同情。

我忍不住想，世上不存在小孩，只有假装小孩的大人。少给我装小孩，耍小孩子脾气，我这边假装母亲也很辛苦。

我也曾是十三岁的少女啊。

家　人

我从来不养宠物。

若是在青山大道后街的小公寓门口，碰到身穿羊毛开衫的中年大叔宠溺地抱着一只系粉红色丝带的贵宾犬，我会感觉自己见到了诡异的光景，不知为何羞得抬不起头来。那些吹嘘家里的猫主子只吃鲷鱼刺身，每个月伙食费两万日元的人也一样，我碰到他们就会想起自己经历过的那个饥饿与不幸横行的日本，感到万分困惑。

话虽如此，我家却猫狗双全。有段时间甚至养着三只毛色不同的猫，现在阳台上的狗屋里则多了三只刚出生的小狗，在里面呜呜地叫。

不管是猫还是狗，都来历不明。那条狗甚至长着柴犬的脸和腊肠犬的身体，肚子耷拉在地上，长得好似陶管。第一次见它的人，不是仰天长啸，就是定定地看上一会儿，然后沉默下来。若问我这条狗是不是宠物，其实我对待它只是像对待狗一样罢了。

把吃剩的炒饭泡在味噌汤里，就是它的粮食。整天在外面放养，一点技能都没教，什么教育都没搞过。不过当它在阳光灿烂的院子里追小鸟，或是眯着眼睛看蝴蝶时，就算身为丑陋的杂种狗，它也散发着哲理的光辉，让我突然想到，这一刻在某个遥远的国度，可能有许多士兵在流血牺牲。

家里那只养了八年，肚子毛都快秃完，做什么都嫌麻烦的老猫到院子里撒尿时，狗就会追过去一通狂吠。对那只猫，我也只是像对待猫一样罢了。

每到冬天，儿子就会把猫抓过来抱到被窝里。猫会趁机溜走，试图钻进被炉。

每到夏天，儿子就会走到猫睡觉的地方，把猫推开自己坐下来。因为那是最凉爽的地方。我把气哼哼的猫抱到衣柜顶上，又觉得是不是有点太高，有点太窄，在没有空调的家里急得大汗淋漓。

猫每天吃猫粮，偶尔剩了一点鱼糕喂给它吃，它就会兴奋得全身奓毛，疯癫失态。

这对爱狗人士和爱猫人士来说都拿不出手。

可是，猫和狗都在这里住得陶然自得，把这里当成了自己的家，真让人可怜。话虽如此，我却不觉得家里的猫狗不幸。

我家的狗很像狗，猫很像猫。猫有时消失个两三天，儿子就会哭。我从来不想把家里的猫狗换成别处的猫狗，因为家人无可替代。

油画颜料

孩子大约三岁时，我把他放在了自己驾驶的车上。我觉得他有点安静，就转头去看，发现他正在挖鼻屎，然后用鼻屎在车窗上画画。我本以为孩子会出落成比雪舟还了不起的画家，不过现在不担心了。因为那时我领悟到，人类只要用手边的一切东西，随心所欲地涂抹就好。

我上学时，曾经想用油画颜料来画画，但是太穷买不起。我想，将来我一定要变成买得起油画颜料的有钱人。可是，当时我那么穷真是太好了。十年过去了，我已经买得起油画颜料了，但也因此不知所措。原来油画颜料是一种十分高深的材料，不是磨合个一两天就能轻易听我使唤的角色。无论我怎么钻研，永远没有尽头。或许世界上再也找不到第二种这么有意思的材料了。若是我在年轻气盛时搞到了油画颜料，可能会彻底放弃画画的念头。现在我脸皮厚了，明知人生苦短却很有耐心，才不会那么在意。我反而很期待，船到桥头自然直嘛。

我一直没能决定自己要使用哪种材料，有段时间甚至用黑色油画颜料在一种光滑的镜面纸上画画，然后用雕刻刀去刮它。后来雕刻刀钝了，再也买不到同样的工具，我就放弃了。不过纸还剩了不少，我就用玻璃蘸水笔在上面画画。后来连玻璃蘸水笔也买不到了。

接着，我就用钝掉的笔在最便宜的画纸上画画。因为笔尖磨损得恰到好处，我特别珍惜那支笔。再后来，那支笔彻底秃了，我就用刀去削新笔，想要再得到一支磨损的笔，然而一直削得不够理想。现在回想起来，我好怀念那段时光。

我在一家公司做过修复彩色照片的工作。因为照片用的墨水色调很奇怪、很有意思，我就拿了一点来画画。那种颜料是固态的，装在像富山药贩子卖的烧伤药那样的瓶子里，用的时候得用水化开。这种墨水实在太有意思了。厚涂就是黑漆漆的颜色，薄涂可能变成灰色，可能变成绿色，还可能变成紫色，有时甚至是粉色。而我压根儿不知道它什么时候会变成粉色或绿色。我很珍惜那种颜料，最后也全部用尽，再也买不到了。

不过有一种类似的东西，是液态的，装在方瓶里，还带吸嘴，摆成一排就像眼科医生办公桌上的东西似的，让我越看越喜欢。这种颜料有十二色，其中有四种绿色，但真正的绿色却一个都没有。我尤其喜欢这点。

我还时常用丽唯特颜料。画好的画沉甸甸的，让我感觉自己创作了精魂之作，心情难以言喻。

渡边藤一送过我一块茉莉花红的粉彩。那颜色太漂亮了，粉彩的手感也沉甸甸的，于是我很想要，就自己去买了。后来我也会用粉彩画画，把各种厂商的粉彩混在一起用。只要能在纸上显出点颜色来，我都会用。那段时间我用褐色的牛皮纸画画。我还把粉彩和蜡笔混在一起用过。桌子上会落满粉末，牛仔裤被染得通红，整张脸都变成了淡绿色。

现在到画具店，能看到许多稀罕的材料，以及不知道怎么用的道具，让我感叹不已。我知道自己正在变得保守。只要手边有硬笔或画笔，我就会感到安然。

让我特别好奇的是装在玻璃瓶里，一排排整齐排列的日本画颜料。我总感觉需要在一间五十叠①大小的和风画室里铺上绯红的毛毯，院子里还得有几块雅趣的垫脚石，否则就不配用那些颜料。可能还得有个火盆用来化胶。不过话说回来，那些颜料可真漂亮啊。

我的工作几乎都是创作绘本插画，就算有原画，最后出来的印刷品才算数。哪怕原画再漂亮，印刷品不漂亮就没有意义。而且儿童绘本通常会在书店里售卖很长时间，若是再

---

① 约为81平方米。

版多次，就会变得越来越不一样，有时连自己都会吓一跳。

尽管如此，我还是没有见识过让自己大吃一惊的美丽绘本，真是太遗憾了。我正在激励自己，将来可能会有那样的瞬间。

我几乎不对画作进行收藏保管，要是有人开口管我要，我会特别高兴，就都没了。因为我画完了就不想再看。不知将来能否画出我自己也想收藏的画作呢。

外语是一种美妙的音乐

外语是一种美妙的音乐

对我来说，外语近乎音乐。傍晚，身在不知名小国的某座小城，躺在小旅馆的小房间里，听着窗外传来孩子们嬉戏的声音，我就会觉得自己不属于这里，沉浸在一阵忧伤中，这种感觉很好。孩子们的声音就像好几种乐器的交响，连妈妈呼唤“吃饭啦——”都像一阵音乐而非话语。大城市车站拱顶底下回荡的人声和喧嚣，则是一曲大交响乐。就算听不懂那些话语，也让人暗自欣喜。

我跟一个满口流利英语的男人结伴去了西班牙。无论走到什么地方，英语都派不上用场。那个男人只会说英语这一门外语，所以我感到得意扬扬。无论什么事情，我都喜欢好坏参半。

傍晚，我漫步在小城中。等我回过神来，发现那个男人正与一个西班牙大叔十分亲密地交谈。他们甚至笑着拍了拍彼此的肩膀。然后，那个男人抱着大叔给的西红柿回来了。浑蛋，这家伙竟然连西班牙语都掌握了吗?

“哎呀，刚才那个人邀请我去喝酒呢。”

“哼。”

我很不开心。

然后，我们就去了嘈杂的酒馆。男人脸上满是笑容。

“大叔，给我最好喝的酒！”

他用日语大声喊道。酒真的端上来了。

“缇欧佩佩。”大叔说。

缇欧佩佩应该是酒的名字。男人拍了拍旁边那人的肩膀。

“哟，你挺精神啊。”

他用日语说道。

那人也笑得满脸褶子，拍了拍男人的肩膀，然后指着男人的酒杯，对酒馆的大叔喊了一声“缇欧佩佩”。不一会儿，又有一杯酒端了上来。

“大叔啊，谢谢啦，这杯你请客吗？谢谢啦。你母亲还好吧？”男人说道。

“叽里咕噜。”大叔用语速超快的西班牙语说了些什么。

“他说家里的老三刚出生。”

也不知道是真的还是假的。

另一个大叔又喊了一声“缇欧佩佩”，于是男人面前又多了一杯“缇欧佩佩”。

“叽里咕噜。”

“谢谢，谢谢，我啊，从来没有被语言妨碍过交流。”

男人对着满是油污的吧台上的那几杯缇欧佩佩，高兴地说。

走到外面，孩子们在小广场上嬉戏。他们一边跳皮筋，一边唱着歌。我分不清歌声和喊声。然后我想，这里不是我应该待的地方，我好想快点回到自己真正的家。每次出门旅行，我都会产生想回家的忧伤，顿觉旅行真好。

人生便是如此

世上一切都要看缘分。照理说，活过漫长的人生，上了学，也读了书，人应该变得越来越聪明理智才对。可是活得越长，我就越倾向于毫无逻辑的“一切全看缘分”，着实羞愧不已。

我与德国缘分很差。因为这是缘分，所以并非我单方面讨厌德国，德国应该也不喜欢我。尤其是语言，缘分实在太差，我既听不进去，也说不出口。过了整整半年，我连数到十都没学会。到达柏林那天，一位女子大学的德语老师教了我不少简单的德语，其中也包括数字。半年后，我去了那位老师留学的德国南部大学城。那位老师跟德国学生散步时，口中时常迸出“杰克斯”这个词。由于他说得太频繁，我忍不住问：“杰克斯是什么？”他张大嘴愣了片刻，才伤心地看着我说：“sechs，六。”我一度以为杰克斯其实是“sex”，因为包含了杰克斯的聊天内容听起来都很有意思。不过，究竟是什么话题总能提到数字六呢？

明明没有人举着石块在后面追我，我却逃也似的来到了意大利。我在米兰车站与意大利紧紧相拥。其实没有人指明我与意大利缘分很好，但我就是知道了，不知为什么。

我到达米兰那天晚上，大学时的朋友提出要在她租下的画室里为我举办“意大利面欢迎宴会”。我快被德国的食物弄崩溃了，于是高高兴兴地找上门去。欢迎会上有我不认识的日本女生，也有睫毛很长的英俊男生。小智已经在米兰住了两年，一直在画画。她顶着一副浓密的睫毛，身材胖得圆滚滚的，一副南欧人的模样，仿佛生来就住在意大利，也说得一口流利的意大利语。我和小智一见面就喜欢上了彼此，咕咚咕咚地喝了许多系着草裙的葡萄酒。我压根儿不知道葡萄酒该怎么喝，就当成果汁一样喝。宴会上还有装在大碗里、表面堆满贻贝的意大利面，我像马儿一样吃得欢腾，让所有人大惊失色。小智做的意面特别好吃。我在德国时从未如此放松地吃过一顿饭，哪怕在朋友家也一样。

葡萄酒没了，我就跟小智手拉手跑去酒庄。跑着跑着，小智突然说：“人生便是如此啊。”接着，我又像喝果汁一样喝起了葡萄酒。待到回过神来，我和小智都躺倒在大理石地板上。小智猛地坐起身说：“你说，人生就是如此吧。”接着又倒回去睡着了。第二天早晨，我头痛欲裂。朋友都横七竖八地躺在地上。我和小智在厨房喝了水，因为宿醉，没精打采。

“去教堂忏悔吧。”小智说。莫非小智做了什么坏事吗？不过我也有点自我厌恶，觉得可以到教堂去尝试请什么人原谅自己。小智跪倒在昏暗阴凉的教堂里，专心致志地念叨着什么。我也在她旁边嘀咕道：“上帝对不起。”虽然除了喝酒，我想不到自己做了什么坏事。走出教堂时，灿烂的阳光格外刺眼，因为刚才说了“上帝对不起”，我感到特别爽快。小智又说：“你说，人生就是如此吧。”我想，人生跟小智肯定缘分很好。

异国的蒲烧

每次出门旅行，我都对食物有着强烈的热情。在米兰那段时间，我从来做不到过熟食店而不入。里面总是摆着千奇百怪，但是看起来很好吃的东西。我每天都会买一种奇怪的吃食，请老板用报纸包起来，满怀期待地回到我那间只有一张床、一张小书桌和一个洗脸池的房间里吃掉它。我吃到一种貌似金黄色饭团的东西，感到异常震惊。那是将米粒和奶酪搅在一起油炸而成的食物，实在太难吃了。我还吃过小小的炸雨蛙。雨蛙外酥里嫩，大张着双臂，仿佛在求救。

从住处外出旅行，我心里也只想着吃。因为是个穷人，我注定无法走进高级餐厅，所以一个劲儿地寻找城里那些门口挂着塑料门帘的餐馆。后来，我就成了预测餐馆是否好吃的高手。奥妙就在于店铺微妙的肮脏程度。太干净的店做出的饭菜总有一些锋芒，显得冷淡无味。若是太过肮脏，里面的吃食就会过于油腻，难以下咽。

我掌握了如何判断恰到好处的肮脏这一技能后，便四处寻找从未吃过的东西，以满足自己的好奇心。有一次我走在威尼斯的小巷里，发现前方餐馆的橱窗内竟缓缓游动着一条黝黑的鳗鱼。我头一次在外国见到鳗鱼，而且还是如此经典的鳗鱼形象，便走进餐馆，对店家示意了那条鳗鱼。服务生定定地看了我一会儿。也不知道他们会如何处理那条弯弯绕的鳗鱼给我吃。总之没过一会儿，服务生就端上来一个白色的大盘子，黝黑的鳗鱼赫然盘踞在中央。这条鳗鱼全须全尾，依旧保持着被捞上来的那个样子，只用醋和油泡了一下。我要用刀叉来吃它吗？那个味道真是太可怕了。而且鱼肉根本弄不下来。我最终放弃了那条盘踞的鳗鱼。唉，好想让意大利人尝尝蒲烧的滋味啊。

人生就在西班牙的乡间小镇

每到傍晚，就会有人陆续来到我住处门前的小广场上，找到长椅落座。年轻夫妻会用婴儿车推着孩子，两人在长椅上伸长双腿，凝视着自己的孩子。

十七八岁的情侣会坐在长椅上，一个劲儿地接吻。他们就像忍不住摆弄新玩具的孩子那样，不厌其烦地在彼此脸上巡游。

四五个捧着吉他的十五六岁的男孩在唱歌，两个精心打扮的女孩对那几个男孩挤眉弄眼。男孩们唱着歌，不时故意捋一下头发，明明没有看女孩子，却用全身在关注她们。两个女孩子哧哧地笑，时而放声大笑，时而一块儿偷瞄那些男孩。

一身黑衣、打扮相似的老太太们聊得火热。广场另一头的酒馆里挤满了喝酒的男人，甚至溢到了外面的道路上。一些四五岁的孩子在他们旁边来回奔跑。

一个十岁左右的男孩忙着在旅馆门前摆放白色藤编

折椅。

“那孩子在干什么呢？”

“他在赚零花钱。”

男孩带着认真的表情，专心致志地摆着椅子。

然后，他便满怀憧憬地盯着坐在椅子上弹吉他的大哥哥们。

“他心里肯定在想，我也好想早点学会那样装酷，好勾引女孩子。”

就在那时，旅馆的女主人走了出来。男孩们爆发出一阵欢呼声。女主人扭着腰靠近他们，拿起吉他，坐在正中间的椅子上交叠双腿，想也没想就弹了起来。

“那个大妈是什么人？”

“她不是旅馆的女主人吗？”

“我知道啦，不过她很有魅力啊。”

三十五六岁的阿姨真的魅力十足。男孩们仿佛全身突然充实了，彻底忘记了那两个咏咏傻笑的女孩，配合着女主人的演奏高声歌唱起来。

“你看那边。”

两个女孩子露出大失所望的表情，不再窃窃私语，也不再咏咏地笑了。

女主人对其中一个男孩子抛了个媚眼。

“她游刃有余啊。”

彼时，一个高大的中年男人走了过来。女主人看到他便不再移开目光，把吉他塞给一个男孩子，与男人一起在靠墙的椅子上坐了下来。她换上了一副人生充实而富有激情的女人的面孔。

“那肯定是情人，男的还有家室了。”

“那也可能是她老公啊。”

“哪有老婆会那么直勾勾地看自己的老公啊。”

男人站起来，穿过广场不知去了哪里。女主人又在椅子上坐了一会儿，凝视着远方。然后，她异常安静地走进了旅馆。

这是一座西班牙小镇，步行横穿整座小镇只要三十分钟。仅仅坐在这里，仿佛就能看见小镇居民的一生。

婴儿车里的婴儿，光脚奔跑的孩子，弹着吉他、已经开始成熟的少年，不久之后将与那些少年亲昵接吻的少女，或许还有少女将来会变成女主人那样，也有可能变成那些在酒馆里酣醉的男人的妻子。

不久之后，她们还会失去某个亲人，穿起黑色丧服。

傍晚，我离开小镇，郊外的河堤上洒满了夕阳。

一群羊在缓缓漫步。

头戴猎帽的半大老头儿走在羊群中，身后跟着一个怀抱幼儿的年轻男子，还有牵着孩子小手的年轻女人，他们貌似一对小夫妻。

夕阳余晖洒下来，他们成了剪影。

我仿佛早在出生之前，就无数次目睹过这样的绘画。

安静的绘画在安静地移动。

“那就是家人啊。”

“那对小夫妻说不定在吵架。”

“所以才叫家人啊。”

我可能再也不会踏足此地。正因为这种想法，方能称作旅行。

浪荡子的假牙

我在柏林碰到了某个大学的老师。

他还年轻，有点邋遢，毫无知识分子的风范。我认为只有芥川龙之介那样的人才配称为知识分子，因此觉得眼前这个疙瘩土豆一样的大学老师一点都不值得敬畏。

“一开始我只准备待三个月，结果已经过去了七年。”

“你结婚了吗？”

“都有孩子了。刚出生。”

“你一次都没回去过吗？”

“没有。”

“为什么？”

“因为我想到别处去。一旦产生这个想法，我就会忍不住行动。”

老师在柏林的匈牙利饭店请我吃肉串，目光突然盯住了虚空。

随后，他动动嘴巴，从嘴里拿出一个小东西。

“啊，牙又掉了。”

老师从上衣口袋里拿出一个小塑料容器，打开盖子，往掉出来的牙齿上撒了一些白色粉末。

随后，他又把牙装回去了。

“那是什么？”

“胶水，粘牙齿的。我一开始也很吃惊，真是搞不懂德国人的想法。”

我吃着肉，全程都在担心老师的牙又掉下来。

而它真的又掉了。

老师又往上面撒了一些粉末。

后来，我们去了许多年轻人聚集、个个疯狂扭动腰肢跳舞的地方。

老师说：“跳舞吧。”然后开始扭动腰肢，拽住了我的手。我这人不太天真烂漫，所以只能稍微扭一下腰。

老师夸张地摆着胯，手像狗刨一样挥动，头也在摇晃。

然后他惊呼一声，把手伸进嘴里，牙又掉了。于是老师攥着牙，不停扭动着腰肢。

音乐换了。

老师拽着我的手，愣在原地，安静下来。

“希腊的，这是希腊的音乐。不行了。”

“你怎么了？”

“我对音乐最没有抵抗力了。我要去希腊。”

“什么时候？”

“现在。”

“都晚上了。”

希腊的音乐一直在耳边回响。

“我忍不住。”

老师攥着牙齿走出去，握着拳头对我挥了几下。

我实在不明白。我是那种飞机刚在柏林着陆就已经想回家的人。老师宛如奔向濒死的孩子，背影匆匆拐过了转角。

睡完全程的旅行

我曾经坐火车从柏林去过哥本哈根。

我一上火车就睡了。火车在黑暗中行驶，来到了亮着模糊橙黄色灯光的陌生车站，接着再次驶入黑暗。我并非习惯旅行。这么多年头一次经过，并且此生可能不再踏足的陌生之地，我就这么昏睡过去了。

火车好像整个开上了巨大的渡船。它跨越了德国与丹麦之间的大海。我只往窗外看了一眼，就再次陷入沉睡。下一次醒来，火车已经行驶在弥漫着晨雾的田野上了，随处可见晨雾笼罩的树木。我又睡了下去。

到达哥本哈根时，朋友已经在等待了。朋友带我去了安徒生出生的小镇，那里有我在书上看过的美人鱼铜像。

美人鱼那么安静地坐在那里，我心中不禁有些失落。若是没有看过照片，我可能会更惊喜吧。接着我又想，我不够惊喜，是否因为自身的感性存在缺陷？这让我坐立难安。随后，我们走进一间小小的旅馆。我很快就睡下了。我只记得那里的墙纸花纹，那是一些小小的玫瑰花。我摸了摸，发现那是塑料墙纸。

接着，我又回到哥本哈根，走进了旅馆。朋友说今明两天有事，无法陪我出游。我说：“知道了。”然后继续沉睡。第二天睡了一整天。我同样只记得旅馆房间里的墙纸，上面也有玫瑰花。我没有在好奇心的驱使下匆忙游览这座城市，出于罪恶感，我决定至少要把墙纸牢牢记在心里。睡醒之后，我又摸了摸墙纸，是塑料的。第二天，我一直睡到了傍晚。朋友过来问：“你都去哪儿玩了？”我说：“哪儿也没去。”于是我直接走到车站，对朋友道了谢，乘上火车。

我心中的哥本哈根就是玫瑰花纹的塑料墙纸。我从未如此认真地触碰过墙纸。

情话课堂

小时候，家中唯一一副扑克牌上印着威尼斯风景。有贡多拉，有石桥，还有红白相间的船桩斜刺出水面，仿佛理发店的招牌。

第一次去威尼斯，我很想蹲在地上捧腹大笑。因为映入眼帘的威尼斯，与小时候扑克牌上的威尼斯别无二致。

旅行的乐趣在于事先形成的印象一点点崩溃。

或是碰到出乎意料的事物。

面对如此别无二致的风景，我突然感到害羞，而且局促不安。

我在一家小旅馆落脚，旅馆的大妈给我端来早餐的咖啡和面包。随后，我穿上凉鞋，开始在小巷间穿行。等到走过不知第几座明信片上没有的小桥后，我终于对这座不应被称为威尼斯，而更应被称为翡冷翠的古城的历史心生敬畏。人们在几百年不腐朽的石头建筑中经营着自己的生活，这在我这种来自纸木建筑的人眼中，显得极为诡异。

我累了，在一座小桥上坐了下来。

一个八岁左右、天真可爱的男孩子坐在我旁边，看着我笑了。我正感到寂寞，便也对他露出了微笑。只见他瞪大了胎毛尚未褪尽的脸蛋上的大眼睛，忽闪着长长的睫毛看向我——

“你好美。”

他说完，把小手放在了我的手上。

“我爱你。”

我愣住了，不知如何是好。

“今晚八点，你在这里等我，我弄一条贡多拉来，我俩一起坐船。我唱歌给你听。”

男孩说。

“你一定要来。”

他是那么真诚，让我顿时领悟，意大利男人的浪漫历史并非一蹴而就。

那小子真的在那晚八点偷来了贡多拉，等待“美丽”而让人“钟爱”的我吗?

立于荒野，我想成为男性

我途经新墨西哥、亚利桑那、内华达，来到了加利福尼亚。

荒野中只有一条笔直的道路，一直延伸到地平线尽头。永无止境，永无终点。无边无涯，无穷无尽。我只见识过拥挤的东京和休息日堵车的观光景点，于是心中满是感慨——不是吧，天哪，好棒。我甚至忘了自身的衰老，兴奋地盘算着下次再走这条路就不开车了，要骑摩托车。然而再走上一个小时，我开始心灰意懒。

天原来那么蓝啊，云原来会垂到地平线上啊。

我想，我正朝着世界的中心飞驰。我前方是天地交合的界线，身后也是世界中心的笔直道路。

往左看，往右看，天地浑圆，地球是个球形。

并非这条路通往世界的中心。

是我身在世界的中心。

无论何时，每个人都身在世界的中心。

人只能从世界的中心看到世界。

眼睛天生就是这样的。

如果眼前被邻居家的砖墙阻挡，那么世界就止于砖墙。

沿着砖墙行走，我感觉自己像是行走在世界的边缘，不禁有些小心翼翼。

若是拆掉砖墙，拆掉邻居的房子，又拆掉另一头的公寓楼，推平一切，那我无论何时都将身在世界的中心。

全世界五十亿人，各自身在世界的中心。眼睛就是这样长的。行驶在亚利桑那的荒野中，我就是世界的中心，世界就只有我。只要地方足够广阔，人就很容易变成以自我为中心的性格。荒野上突兀耸立的巨石，让我觉得宛如走进了西部剧的场景。这样的风景只适合让艾伦·拉德[①]独自跨坐在马背上走出来，被巨石映衬得只有米粒大小。

在没有道路的开拓时代，艾伦·拉德一定是个更纯粹的独行侠。他在大地与天空的中心，视自己为一切的中心，这应该就是所谓的独立精神。天地如此广阔，印第安人就算竖起小小的帐篷，也很难察觉。若是碰巧发现了，他一定觉得那东西很碍眼。艾伦·拉德一定会在马背上想：太碍事了，都给我闪开。

美国就是这样建国的呀。来到美洲大陆上的欧洲人，都

---

① 艾伦·拉德，美国演员，西部电影《原野奇侠》的主演。

没有习惯这里的广阔。而祖祖辈辈生活在无垠世界中的印第安人，一定了解如何在这样的广阔和寂寞中，与天地共存。

可是，艾伦·拉德佩着枪，骑着马，在世界的中心为自己沉醉了。这可能就是英雄主义，广阔天地唯我独尊的英雄主义。我在无垠的旷野中，化身成了艾伦·拉德。因为不管怎么说，我都是个外来者。

我有生以来头一次想成为男人，想独自矗立在世界的中心，将孤寂的灵魂填入手枪，找个合适的地方，自己砍树，自己盖房子，然后找个女人一块儿住进那座房子。然后生下孩子，为保护自己的女人和孩子而奋斗。为了保护老婆孩子，不时还要干掉一些印第安人。而且，我一定想这样做。因为我需要敌人。这广阔的荒野和无垠的天空，让白日梦境里男人的浪漫有了实体。

道路笔直延伸，消失在天地交合之处。

艾伦·拉德已然消失。

读书是一种怠惰的快乐

文人情结

儿子突然问："知识和教养的不同在哪里？"十三岁的儿子是被漫画和电视节目填满烤制而成的乳猪，所以我暗自惊喜他问出了这么好的问题，并欣然做出了解答。说不定这小子将来有望啊。

"嗯……那我就是既有知识又有教养啦。"

"你怎么就有知识、有教养了？"

"因为漫画和电视节目啊。"

"白痴，那压根儿不算知识和教养，只是单纯的信息而已。"

"可是老妈没有知识啊。"

"我……我像你这么大的时候，已经一边带弟弟妹妹，一边看书积累了教养。"

"那算什么教养，只是你没别的娱乐方式而已。"

啊，那倒是真的。除了上山追黄鼠狼、下河裸泳，还真的什么都没有呢。如果我现在是个孩子，肯定也沉迷于漫画和电视节目，还瞧不起那个分不清酷小孩战队里那小谁和那小谁的母亲吧。

不过啊，看到小孩对着打滚儿的小猪嘻嘻哈哈，身为母亲真的非常不安。喜欢看孩子带着一点忧郁，满脸不高兴地读文库本，这一定是因为我这个母亲也有文人情结。

十四岁那年，越是面色苍白、身材瘦削、透着一些秀才气质的文学少年，我就越觉得性感。看到扔球只能扔一米五远的秀才，我会心动得几乎晕厥，便也学着他只把球扔一米五远，被体育老师满脸通红地责骂："认真点！"

那个秀才真的别无其他娱乐。如果娱乐项目只有学习和读书，随便什么人都能成为秀才。

秀才喜欢待在图书馆里。他总是趿拉着室内鞋，或许脚也只能抬到一点五毫米高。

我总是翻看图书馆的借书卡，跟秀才借一样的书。

这是一项需要极大耐心的工作。

我会划定一个大致范围，翻开封底查看装在纸袋里的借书卡。我并非自己想看书，只是想触碰秀才看过的书。或许，我后来从未有过那么想看、那么想触碰的书籍。三十年前的初中图书室书架上空空荡荡，只有世界文学全集、日本文学全集、百科事典和《新平家物语》二十三卷。

我不明白，在十四岁的少年和少女眼中，《暗夜行路》

究竟有什么意思。

我也不明白，他们究竟理解在圣彼得堡四处游走的拉斯柯尔尼科夫的什么。他们一点都不理解。他们看不懂，看不出乐趣，却依旧读书。

啊，因为除此之外真的没有乐趣了。他们拥有太多时间，眼睛太过闲暇了。

十五岁前，我与秀才只说过一次话。十几年后，我们只见过一次面。

我在私铁沿线的车站，等待十五岁之后从未碰面的苍白的文学少年。

那里没有苍白的文学少年。

只有把黑框圆眼镜戴在一个肉包子脸上，拎着中村屋纸盒，眼角下垂的殷勤青年。

我让朋友在公寓里等着，让她见识见识我初恋的秀才有多么英俊。我把那个肉包子领回了公寓。朋友看到肉包子，跟他打了招呼，就躲在厨房角落里窃笑起来。

打开中村屋的纸盒，里面是六个肉包子。虽然朋友在窃笑，但我无法对曾经喜欢过的人心怀恶意，所以用盘子装了蛋糕、肉包子和红茶，问他现在在干什么。

秀才说，他在东大读研究生，研究《源氏物语》。

好厉害！不过我忘了他说自己在如何研究《源氏物语》

的什么。

我只记得一句话。他带着眼角下垂、殷勤友好的脸对我说：“我认为，光源氏存在一些生理异常。他去世之前，至少进行了××××次（具体数字忘了）性行为，这在医学上是不可能的。”

让十四五岁的我产生浪漫情愫的男人，此时突然像退去了一身浓雾，变得如同散文。

我清楚回忆起初中体能测试时只把球扔了一米五远的那个秀才。

那个光景宛如昨日，我心中小鹿乱撞，几近晕厥。

原来如此，光源氏的体能啊。不知光源氏能把球扔多远呢。

不过，光源氏可能也没有别的娱乐。那些优美的文字、娴熟的歌句与优雅琴声，恐怕都只是唯一娱乐的前奏罢了。

秀才以学习为娱乐，以娱乐行走于世。

这可能就是生活。光源氏恐怕也把一生都耗费在了医学上属于异常的娱乐中。

那可能也是所谓的“生活”。

多么令人艳羡。

不艳羡的人，就是我和我的儿子。

读书带给我的娱乐充其量只是深情抚摩秀才看过的书，

没有带来一丝一毫的教养，也没有教会我安身立命的方法。

十四岁的《暗夜行路》着实是一段虚度的时光。我要对《暗夜行路》发出惊叹，至少还需要几十年的岁月，而过了几十年，我依旧没有发现真正的娱乐。

原本或许能够成为女人真正娱乐的育儿，在我看到整天泡在漫画里，与一根萝卜无异的儿子时，也变得不那么乐趣十足了。

不过，除此之外还真的没有呢。

没有什么娱乐能胜过与堪比萝卜的儿子钩心斗角。毕竟这可是赌上了性命的事情啊。

哼，教养算什么，知识算什么。

放马过来吧，萝卜儿！

所谓温柔的书

我从小就是个痴迷“字”的人，把家里能找到的字全都读过了。小学三年级时，我还读了《毛泽东》这本书上的“字”。

我跳过其中的汉字，读完了整本书。读完以后，我还是不明白毛泽东是何许人也。想必，这些信息都包含在了汉字里。《毛泽东》是我家唯一的书籍。农民家的老六带着五个孩子，时隔几十年从外地撤回日本，一股脑儿挤到了山梨农家二楼的蚕房里。整天只能吃红薯的人家，理所当然不会有文化。我作为农民家老六的女儿，便在茅房里找“字”。硬邦邦的灰色卫生纸是将报纸打碎后加工而成的，上面总会有些没能化成纸浆的文字。看见残存的半个汉字歪歪斜斜地浮现在卫生纸上，我的心就会变得充盈。我会仔细查看每张卫生纸，有时花的时间太长，还能直接在厕所里尿上第二泡。如果读字能力等于智力，那我一定会成为了不起的人物，小时候读《毛泽东》的事情说不定就成了传说，会被偕成社[1]编进伟人故事。不过实际上完全没有这种事，现在的我只不过是个煮碗素面，拿剩下的早饭拌着吃的人。

一段时间后，母亲从村里钟表店的大叔那儿借了一本《自由》，藏在了壁橱里。但凡藏起来的东西，都是很糟糕的，于是我趁母亲在后山地里种茄子的空当，悄悄读了那本书。里面果然有好多糟糕的东西，还有好多糟糕的插画，不过我对那些事一无所知，只是壁橱里充满了糟糕的气氛，一有什么声响，我就会吓出一身冷汗。这种两次猛然挺起身体的白昼惊愕，究竟该如何形容？

当岁月如梦般逝去，我才知道《自由》曾是战后所谓草纸杂志的集大成者。

《自由》不动声色地潜入了山梨县遥远偏僻的深山，太宰治却不得其门而入。文化传播的路径让我异常好奇。

那些糟糕的东西像韦驮天[2]一样大行其道，为日本战后复兴做了不少贡献。糟糕的东西一定是真正的人类再生之源，因为我的“手足”又多了一个。

小学四年级时，山里的学校多少渗透了一些文化，于是我穿着草鞋，在四十分钟的上学路上读完了《小公主》和

① 日本童书出版社之一。

② 佛教护法天神。

《苦儿流浪记》，也患了近视和散光。回到家里，我背着出生不久的妹妹，依旧埋头读书，已经算是女版的二宫金次郎[①]了。然而现在，我却成了一个心灵空虚的主妇，琢磨着要把剩下的素面拿去喂猫还是喂狗。偷偷读过《自由》的我，却看不懂《苦儿流浪记》里的“亲吻”[②]一词。雷米“亲吻”母亲，“亲吻”猴子，我都看不懂。而且“亲吻”这个词总是出现，这下换成我对片假名感到头大了。

我天真地找到母亲问：“妈，亲吻是什么？”母亲惊得两次撑起身体，满脸恐惧地盯着我：“你在哪儿看到的？”我顿时感觉自己必须顶住这张天真无邪的面孔，便指着给儿童看的好书说：“你瞧，你瞧，就是这里。”然后抠了抠一点都不痒的脚底板。

我不记得当时母亲如何回答了我的问题。两三天后的一个傍晚，我听见母亲在后山地里跟邻居家的阿姨站着聊天。

“哎呀，现在的孩子真的好早熟。我们家洋子前几天问我‘亲吻’是什么呢。”

“就是啊，太早熟了，真不知道以后会长成什么样。”

那个把《自由》藏在壁橱里，在粮食困难时期依旧生小

---

① 年少时失去父母，因家境贫寒不得不以砍柴糊口，但也不忘背柴读书的人物，是日本勤学苦读的象征，其雕像一度在每所小学里都能看到。

② “亲吻”（kiss）的片假名表述是“キス”。

孩的母亲，正是一位希望我出落得清纯正直的日本母亲。

后来，我去了一个中等城市。如果有人能区分小学六年级的我和人猿泰山，那他真是太厉害了。

我带着一群手下，把男生里的孩子王从树上踹了下去。回到家后，我便翻开莫泊桑的《一生》。这次虽然能看懂文字，却依旧有些不明白的地方。那些地方肯定都写了很糟糕的东西，然而我还不理解糟糕的东西，于是我感觉，自己仿佛习得了从那些文字中感应到杀气的能力。

虽然我身为一个小学生，已经习得了感应糟糕事物的杀气，但我并没有成为这条道上的大人物，而是决定把素面拿去喂狗，同时琢磨着晚饭要不要做麻婆豆腐。

由于父母一直制造小孩，我要不到零花钱买书，初高中时便把图书馆的书从上到下读了个遍，来者不拒。

如果我理解了自己阅读的书籍，并将那些知识储存起来，可能如今早已成了优秀的文人，受到世人敬仰，绝不会容忍任何人在我面前说："画画的真是笨，我对写文章的人和画画的人，都会不自觉地用上不同的措辞呢。"

我就是会忘，接连不断地忘。能记住的好像都是些糟糕的东西，可我压根儿不想读糟糕的书。

因为，我甚至能从《圣经》里看出糟糕的内容。

基督结束布道，人们开始往家走，只有抹大拉的玛丽亚留了下来。

基督蹲在地上写字。《圣经》只讲了这些。但我眼前却出现了一个孤独男人蹲在满是尘土的白色地面上写字的背影，他套着凉鞋的双脚也沾满了尘土。

而美丽的娼妓则静静地站在那里。

“回去吧。”基督说。

十九岁时读《圣经》，仅仅因为读到那个部分，我就感觉基督是个温柔的男人。因为感觉他是个温柔的男人，我很害怕自己会遭天谴，可是，《圣经》在我眼中一直是美丽的文学。因为我想知道基督究竟是什么样的男人，或者说想了解抹大拉的玛丽亚，就读了《〈圣经〉中的女性》这本书。里面既没有我看到的温柔的基督，也没有美丽的抹大拉的玛丽亚。看完第一章，后面是附录，上书：“问题1.主耶稣为何原谅了抹大拉的玛丽亚？请阅读《马太福音》第×章做出解答。你也要成为拥有正确信仰的优秀女性。”我不禁大吃一惊，而西欧文明从此成了我心中永远的谜团。

因为我把基督当成了温柔的男人，于是世界美术全集中的哪一个基督都不够温柔，哪一个玛丽亚都不够和善。

所以我对欧洲也不太亲近。在难以亲近的欧洲的米兰，我遇到了唯一能让我感到亲切的基督。

米开朗琪罗未完成的《哀悼基督》，就是我心目中那个蹲在地上写字的基督。我已经主动遗忘了那些谜一样的基督文明，彼时只是感同身受地想：“啊，真是苦了你了。”这个被母亲抱在怀里死去的中年男人是那么可怜，让我急得原地打转，不知如何是好。我每天都站在那座《哀悼基督》前打转，否则就浑身不自在。

那位母亲好可怜，儿子没了，还死得这么惨。你心里一定在想，早知如此，我儿子不是基督就好了。

我觉得，米开朗琪罗一定也是个温柔的男人。

爱书女人的离婚概率

有个男人始终坚持这种信念："好女人脑子里不能有半个字。"

他娶了一个喜欢文学的女人，还说："我要重新洗净战后民主主义的污垢。"

"我爸爸说，为人母者若是读书，就养不好小孩。"喜欢文学的女人一边说着，一边给孩子换尿布，然后做米糠味噌。"听说用茄子煮味噌汤一定要竖着切，我试过了，果然竖着切比较好吃。"说着，那个女人用筷子夹起味噌汤里的茄子，让我吃了。

"你的朋友很特别，那种人属于世上的1%，你可别以为他们是普通人。"那个男人盯着我，对他老婆说。我生气地想，都不知道谁才是1%。他老婆却说："我很喜欢洋子啊，真是个怪人。"我不知道她想说我怪还是她老公怪。十五年过去了，那个男人扔下老婆孩子，消失得无影无踪。

"你肯定看书了吧？"

“没怎么看呀。有个问题我想了好久，你说芥川奖和直木奖究竟有什么差别？投芥川奖的人都不知道自己身处何处，正因为不知道才会写作。而直木奖的人啊，都很清楚自己的位置，正因为清楚所以写作。”哦？

她的拿手菜是鲕鱼煮萝卜，有烤鳕鱼子的秘方，米糠味噌也是绝品，在别的地方压根儿吃不到。

一边切海苔一边讲司马辽太郎[1]有什么不对？

她一边在美味的菜饭上撒海苔，一边念叨：“不知道孩子他爸在哪里，能吃上什么东西啊，真是笨蛋。”

有一个惊为天人的美女。若问她有多美，美人到药房买药，等她离开后，嘴笨腼腆的店员默默地在黑板上画起了美人的肖像。那还是个从来没有画过画的男人。因为他太感动了，忍不住要动笔画下来。这位美人有一天突然跑到我公司来玩了。她在我的办公桌旁站了三分钟，然后我们出去喝茶。

过了一会儿，我们喝完茶，她夹着抽到一半的香烟站起来，走进百货大楼，倚着一根柱子抬起脚，用高跟鞋底踩灭了香烟。我从未见过如此漂亮的人的轮廓。

我一直以为只有伦敦街头的老娼妇才会做那种事，然而能破例的唯有她一人。我独自回到公司，一群男人“哗”地

① 日本作家，1960年第四十二届直木奖获奖者。

围了过来。一个人呆滞地问:“那是谁?”“我朋友。”“哦。”然后又呆滞地走开了。

下一个人又问:“那是谁?”“我朋友。”“哦。”于是他也茫茫然地走回了相隔甚远的座位。我反复回答着那个问题。他们并没有打算对她做什么,只是仿佛被一种不属于自己的力量驱动着,跑到我这边来问:“那是谁?”一般精神健全的男人问完都会呆滞地离开,接着一个神经粗大的男人,连“那是谁”也不问就发起了攻势。周围人还在嘲笑他的时候,她就成了他的人。

世事就是如此。我从儿子降生那一刻起就在说:“最妙不过出奇制胜。”

她结婚后,会把丝袜挂在橱柜上,往皮草外套上斜斜一靠,悠悠地读《大镜》。然后披上被她当成坐垫的皮草外套出街,让看到她的男人无不愣在原地。

她丈夫的口袋里装着土耳其浴的次卡。她以为土耳其浴就是土耳其这个国家的泡澡方式。

坐在皮草外套上读《大镜》,读《源氏物语》,读冈本加野子,有什么不好?

除菜谱之外不读一字的妻子,却能得到丈夫的钟爱。

而且那个妻子做的饭特别难吃。在我所知范围内,那是最幸福的家庭了,就跟画上的一样。不读书有什么不对?

今天不知道在说什么。

我本来打算讲“女人的幸福与读书的关系”。

妹妹兴奋地走了进来。

“老姐老姐，我发现啊，我认识的所有会开车又喜欢看书的女人，都离婚了。”

母亲的一生就是打发时间

女人一旦成为母亲，就失去了母亲以外的所有身份。

男人就算成为父亲，好像依旧能维持父亲以外的身份。真不可思议。因为我是女人，所以觉得男人不可思议。世间人不负责任地叫嚷母亲也是人，母亲也是女子，可是无论他们如何教唆，母亲就是母亲。到死都是母亲。例如，一个母亲读书的时候，会失去客观的立场。

如果只是一个人，阅读越狱犯的手记，会为他捏一把汗。因为会捏一把汗，所以才阅读。可是一个母亲会在途中突然想到越狱犯的母亲，从而陷入混乱。如果那本书途中写起了生平故事，就更是如此。若是加入一岁时的可爱照片，就再也捏不出汗了。

我反省了自己的教育方针，感到异常疲惫。我多想为人妻的恋爱心动不已。《波之塔》里的人妻好像就不错，可是当年轻优秀的律师被令人烦恼的人妻纠缠时，我明明想成为那个勾人的人妻，但是一想到对此一无所知，还在家乡为儿子感到骄傲的年轻律师的母亲，就觉得她特别可怜，认定人妻绝对不应该出来乱搞，继而陷入令人疲惫不堪的矛盾：稍微搞一搞有什么嘛，不行坚决不行，哎呀，再稍微搞一搞嘛好嘛好嘛……简言之，为人母者都没有自主的思考，只有世间常识和害怕被人指指点点的恐惧。

我二十岁那年，特别崇拜波伏娃。

“女人不是生下来就是女人,而是后来才变成女人。”我把她这句话当成了神谕。生了孩子之后，我就不再开口说话，而是我体内的母亲角色说：“波伏娃？那是谁啊？没生过孩子的人就是站着说话不腰疼。”

所以，母亲读母亲的书应该会心安，然而半数人类是母亲，而且这还是一种催生复杂问题的亲人。

胡萝卜须的母亲很可怕。虽然可怕，但是又很难说母亲身上不存在胡萝卜须母亲的要素，因此让人感到毛骨悚然。只要存在母亲的干涉，就很难断言每个孩子都没有将母亲视作胡萝卜须母亲的时刻。

读完《胡萝卜须》[①]不久，我又读了佐藤八郎的诗集《母亲》，顿时陷入人活在世的混乱。

胡萝卜须的母亲也很悲伤。

劳伦斯的《儿子与情人》里的母亲也可爱而痛苦，母亲

---

① *Poil de Carotte*，法国作家儒勒·列那尔的作品。

与儿子都很痛苦。

说遍了恋母情结的所有，依旧爱上了如同怪物般纠缠不休的母亲，这对《母亲之吻》里的母子也很悲伤。

十岁起就接连杀害邻居家幼儿的玛丽·贝尔那异常的母亲也很可怜，《啊，育儿战争》中描绘的身处应试战争，拼命养育孩子的日本母亲的姿态，也让我想跑过去抱住她们的肩膀。只要是孩子，就无法逃离母亲。

我读过帕布罗·卡萨尔斯的传记，只记得一个地方。在西班牙确立法西斯政权之时，卡萨尔斯的母亲让儿子赶快逃走。她说："我生你下来不是为了让你去杀人的。快逃吧。"

儿子就这样活了下来。她并不是特别有修养的人。（危急时刻修养能派上用场吗？）我这个愚蠢而懒惰的母亲时常想起那个场景，霎时间浑身震颤，开始思考人类的尊严。

杀害了祖母的少年母亲的手记《致永无回头之日的儿子——泉》中，那位母亲写道："你永远是我的骄傲。是的，你现在仍是我的骄傲。"我此前从未见过如此痛彻脏腑的母爱。

山田紫的漫画《孤婚》《恶猫》都鲜明地描绘了平凡日常中的母亲心境，我很喜欢。

母爱就是对孩子的无尽支配欲望，同时也是慈祥养育、无限接纳的无偿的爱。

或许，从来没有母亲能从孩子身上得到与其付出相应的爱。

孩子一旦成长，父母就成了麻烦，这是世间常态。

日本的母亲很辛苦。

一半被传统的佐藤八郎的母亲形象束缚，另一半又对帕布罗·卡萨尔斯无可挑剔的母亲表示理解，时刻处在精神分裂的状态，却要把孩子送到学历社会中去。

就算包三餐住宿，这笔生意也太不划算了。只不过，当母亲真有意思。

知性有一种色气

上学时，我在里尔克诗集的卷末解说中头一次看到了露·安德烈亚斯·莎乐美这个女人的名字。照片上，她是一个眉眼如同老鹰的瘦削女人，旁边站着双眼圆睁如同弹丸的诗人。

里尔克写了许多“致莎乐美”的礼赞。虽然我觉得“露”的发音和“莎乐美”的戏剧性都跟那个面如老鹰的女人毫不相衬，但最令我惊讶的是，她在成为里尔克的情人之前，还是尼采的情人，并且之后又去为弗洛伊德工作了。因为有了莎乐美，这些男人才写出了流传于世的作品。她比里尔克年长九岁。我一直坚信，男女搭配必须完全符合定式，所以对这个老鹰一样的女人产生了兴趣。这个老鹰一样的女人是俄罗斯贵族的妻子，与丈夫的婚姻存续期间，一直保持处女之身，离婚后也从未做过那种事。男人们因为莎乐美的知性，促使自身完成了成长。我找到了《露·莎乐美的爱与生涯》这本书，贪婪地阅读了一番，但是，没有人对露·莎乐美感兴趣。

过了好久，我在柏林碰到了一位韩国的报社记者。他是个国际化的花花公子，其教养之深厚令人瞠目结舌，我这个怀有文人情结的女人瞬间就为其倾倒。他说，自己最感兴趣的女性就是露·莎乐美和乔治·桑。

“东方不会出现这种女人，因为东方男人并不喜欢女性的知性。所以，东方也不会出现尼采和里尔克。”他的话有如神谕。我问他：“你想跟那种女性成为恋人吗？”“想啊。”他摇晃着脑袋，满眼憧憬地说。“知性有一种色气。里尔克通过莎乐美认识了性爱，因此成为诗人。乔治·桑则是性冷淡。”他仿佛直接听乔治·桑如此坦白过一般说道。

“乔治·桑只能在肖邦弹钢琴的时候，在他的钢琴底下获得高潮。这种感觉太色气，太棒了。我的理想就是与一位欧洲知性女人成为恋人，然后娶一个韩国笨女人为妻。”也不知他是不是真的这样做了。

又过了好久，我去了肖邦与桑在马略卡岛居住过的地方，盯着传说中肖邦曾经弹过的钢琴底下看了好久。

我通过《茱莉亚》这本自传式作品，认识了莉莉安·海曼这个人。她与达希尔·哈米特共同生活了三十年，在他的帮助下成为作家，但两人在那三十年间一直重复着惨烈的对决。她写好的戏剧只因为哈米特一句批评就整个扔掉，从头再写。海曼的鼻子几乎占据了整个面部中央。我认为，意志坚强，具有才能，长得不漂亮又十分倔强的人都特别伟大。

都是恋爱小说

有人叫我谈谈恋爱小说，我听了大吃一惊。啊，难道世界上还有不是恋爱小说的小说吗？我以为小说都是恋爱小说。我因为自己的想法而大吃一惊。其实也有很多丝毫不涉及情爱的小说（好像也没多少）。此时我就会感到很奇怪，认为这没有描写的部分肯定存在作者故意避开的情事，这种想法怎么拉都拉不住。要是实在没有想象的空间，我就会想：这人肯定是同性恋，要不就是成长过程中遇到过什么不幸，至今仍深受其害。

我就是站在这样的立场上阅读一切小说的，因此无法对小说做出分类。

有人对我说："你啊，一点脑子都没有，就是脖子上顶着个头盖骨而已。"

比如说，吉行淳之介的小说可能算恋爱小说吧，不过要我说就有点不太一样。一直看他在书里不停摆弄女人的身体

（又不是我主动要求的），烦不胜烦。我会莫名地想把书里的人赶走，到浴室去发泄一下，真是气不打一处来。然后我就想：哦？原来男人都是这样看女人的啊，其实就是他们一厢情愿想这样看吧。虽然这也挺有意思的，但我想着想着就会焦虑，担心自己稍不小心就会主动靠近男人一厢情愿想看到的女人形象，不得不装成那个样子。（这跟*MORE*杂志性爱调查里的“你是否有过假装高潮的经验，回答‘有’的占80%”不是一样的吗？）读完以后，我又想：女人果然不是人啊，整天喊“我是人”“我要人权”好像不太好吧。这到底是怎么回事？

在没有娱乐的初、高中时代，一个自视甚高的朋友曾经对我的读书方式说三道四，坚持夏目漱石的书一定要按照《三四郎》《后来的事》《门》这个顺序来读，于是我就照她的话做了，但是并没有明白什么。过了几十年，在我认定夏目漱石已经是历史的遗物时，再翻开《后来的事》和《门》，竟惊讶得说不出话来，一点都没产生“够了，边上去”的想法。我一直低头恳求，请让我，请让我再陪伴您一小会儿，虽然您不会恣意抚弄、欣赏我的身体，但还是请您让我多陪伴一小会儿。而且书中人物还是八十多年前的男女，跟我曾爷爷差不多年纪。那些明治男人和女人对待男女之事反倒更为严肃真诚，全部踏踏实实地谈着恋爱。男人不会对女人恣意抚弄、贪婪注视，仿佛拼模型一般得意扬扬地摆弄女人。夏目漱石小说中的女人，都是完完整整的人。

我认为，《三四郎》《后来的事》《门》都是正确的日本恋爱的基本形态。

经过几十年的现代化、人类解放、民主主义，还有什么性解放的活动，我感觉人类的品格反倒越来越堕落了。

不论人的出身如何，不论处于士农工商阶层的哪层，人与人都要相互敬重，所以明治的高等游民和鸽子笼里的主妇都一样。不能因为性别不同而区别对待。无论任何时候，我都希望保持惊讶。

但是不能为了惊讶，就对彼此撒谎。

《风与木之诗》，这不是恋爱小说。

这是少女漫画。家长委员会的母亲大人看到女儿看漫画，只会斥为不务正业。可是啊，你的女儿正在吸收比不务正业还要充实的毒与陶醉与悸动。看《野菊之墓》和《若草物语》长大的母亲大人们，过去就是好啊。

从小学四年级的女孩子，到大学毕业的二十五岁女青年，都会光明正大地在电车里看《风与木之诗》。而且，它是远比任何书籍都具有破坏力和魅力的华丽炸弹。里面有个地区不明，但是人们想象中典型的外国舞台上的全住宿制学校。哎哟，原来外国好多人家里的大少爷都是这种样子啊。还有好多名字分不清是来自英国、法国还是德国的男孩子呢。当中那个宛如天使的金发主人公，他的所作所为竟然像恶魔一样呢。

他虽是一副少年的身子，却代表了绝非少女的女人心中的爱与性。

（里面偶尔会有某个人回忆中的母亲或妹妹登场，但都不如少年那般透着色气，只让人觉得粗鄙。）

你可不能误以为这是少年倒错爱恋的世界。我认为，它描绘的是其他男女都无法描绘的女人的性。

那种气质，从竹宫惠子笔下的少年鬈发、纤细手足、满是蕾丝和穗穗的衣裳、在花间迎风飘舞的窗帘和少年们通透的肉体中绽放出来。

这里不存在任何禁忌与道德。或许，爱与性真正的模样，就融合在高度的抽象性与复杂的人际关系中。我读过的任何官能小说（虽然没有多少）都没有如此露骨的女性情色。

每次男人来家里做客，我都会把书塞给他说："你看看，你看看。"（为了表达女性色情并非只有吉行淳之介一人。）可是大多数男人都会扔到一边说："一点意思都没有，就不能干脆一点、清楚一点吗？" 他们不愿理解主人公与恋人的指尖若即若离，彼此因为这个距离展开戏剧性心理的微妙而华丽的恋情。

对这些有兴趣的人，都是男人们嗤之以鼻的花花公子。

他捧着十五卷（当时只出到这么多）漫画贪婪地读完，然后问："后面呢？"

我回答："还没出呢。"

"哼，这是日本的一大问题。看这些书的都是小女孩儿，对吧，小男孩儿在干什么？不是在追看《骷髅13》里的大胸，就是痴迷圣子小姐。太可怕了，那种男女到底要干什么啊！嘁嘁嘁，太有意思了，男人好天真啊！无论妇女解放运动的大妈如何扯破喉咙呼吁，都不如这种东西渗透得深，这就是现代日本。这部作品朝向的目标是远远高出解放的东西啊，你赶紧把后面的买来呀。"

他肯定会因为《风与木之诗》开悟，进一步成为男人们嗤之以鼻的人吧。

竹宫惠子真是天才。

看《若草物语》长大的妈妈们，也来看看呀。

《葡萄牙情书》，这不是小说。

它于一六六九年出版于巴黎。一个葡萄牙修女爱上了一名法国军官，但是惨遭抛弃。可她对抛弃她的男人恋恋不舍，于是写下了满是爱与留恋的书信。

书信出版后成为当时欧洲的畅销书，当然，这很可能是抛弃修女的男人卖给出版社的东西。可怕的并不只有电影《焦点》。

书信被视为文学，这可能与日本平安时代贵族男女互通和歌，然后对和歌评头论足的行为有点相似。

我读了这本书，哇哇大哭。

书写者不断从绝望和悲伤的深渊中发出声嘶力竭的呐喊，然后放弃。

每次读这本书，我都感觉自己遭到了抛弃，读了五次就像被抛弃了五次，感到筋疲力尽。

读了这本书信集，我才意识到：人只有被逼上了绝路，才可能做出超越能力的表达；只有被逼上绝路，才会为真相震惊不已。与情人卿卿我我，沉浸爱河之时，他们只会把真相塞进内裤。

然而，纵使这五封信赚得了万人的泪水，打动了万人的心，却独独撼动不了那位恋人的心。

《海的女儿》，这不是小说。

美丽的安徒生童话里的美人鱼那真挚坚定的爱恋与悲剧，便是一切恋爱小说的基础。

我六岁时听了《海的女儿》的故事。

我并没有想到那是一件以“恋爱”为名的事。因为我一直坚信，喜欢和讨厌、恋爱和婚姻，都是美丽的公主和王子这种特别高贵的人才有资格做的事情。最让我头痛的是，我不明白“吻”究竟是什么。

我饿着肚子，为安徒生的《海的女儿》心焦不已，还喜欢上了邻居的邻居小健。

小健愿意跟我玩过家家，虽然一开始因为害羞而显得不情不愿，但中途就积极扮演起爸爸的角色了。在四岁的小健对我说“我上班啦”，穿上鞋子到附近的洋槐树下绕一圈回来的过程中，我会有滋有味地体会新婚妻子的愉悦心情。小健离开过家家草席的那段时间，我心中充斥着无论如何都要好好保护这个草席家的感情，非常担心小健会不会把蹲在洋槐树下发呆的邻居家又笨又小气的由纪子带回来。

我无论如何都不能忍受他把由纪子带回来，让我从新婚妻子沦为家里的小孩。

玩到傍晚，小健回家“吃饭”后，我就收拾好过家家的玩具，卷起草席，然后站起来。周围已经笼罩上了薄薄的夜色。我抬头看向傍晚的天空，突然感到巨大的孤独与充实，同时因为饥饿而特别想哭。虽然我卷起草席时痴痴地惦记着小健，却从未想过那是跟美人鱼一样的恋情。

我觉得，美人鱼不惜被拔掉舌头也要到王子身边去，简直太疯狂了，同时也想，如果她不干那种蠢事，就能留在海底，过着跟以前一样幸福的生活，难道这样还不够吗？

等我长大一些，我又开始痛恨亲吻王子的邻国公主，也痛恨没有发现异常的王子。

后来，我很不情愿地接受了一个事实——世上总会发生这样的事情。又过了几年，可能是几十年，在情与色早已与我无关的时候，我又开始想，哪怕被拔掉舌头，哪怕双腿和全身如同针扎，我也不在乎。就算砍掉我的手脚，若是不给我一些回应，我就誓要化作海中的泡沫。

心里虽然这样想，但每到冬天，我还是要裹上塞了棉花的棉裤和条纹袄子，再给脖子缠上围脖，用家里的剩饭做炒饭。一边做炒饭，还要一边空虚地想，就算被砍掉手脚我也甘心。

再见了，灰姑娘

我是女孩子，所以很喜欢有公主登场的西方故事。因为我会把自己幻想成那个公主。美人鱼被拔掉舌头，长出美丽而白皙的双腿，可是一碰到地面全身就如同针刺，于是我也感到双脚刺痛。

睡美人在密林深处沉睡百年，而我一点都不困，所以很为难。可是当王子骑着马远道而来，我这个没有睡着的睡美人心中就开始小鹿乱撞。

我读的书上把“kiss”写作“接吻”，也写作“亲嘴”，于是我只识“亲嘴”而不懂“kiss”。当王子“亲嘴”时，我感觉他的脸真的就在眼前。

就这样，我一直以为所有人读书时都会化身为书中的主人公。有一次我问一个男人：“你看《睡美人》的时候是王子还是睡美人？”对方马上回答：“那当然是王子啊。我看《睡美人》肯定幻想自己是王子。如果幻想自己是公主，那不就要被一个男人亲吗？太恶心了。”后来我才知道，读书时的代入角度是一种极为复杂的东西。在我尚不明白自己是谁的幼年时期，我可以化身为任何一个人。可以是书中最好的角色，登场最多的角色，人见人爱的角色，有钱的角色，美人角色，深受同情的角色，或是清贫而内心正直、同时与贫穷斗争的坚强的少女角色。哪怕是个整天把“啊，没有”“哎哟，怎么会”挂在嘴边的不干不脆的女人，若她是男人舍命也要爱的女主角，我也能代入其中。

就算得肺病死掉，我也不在乎。

《起风了》看到最后，我也变得气息奄奄。因为我家认为读书就是偷懒，所以我被母亲赶到厨房里洗碗时，也会连连咳嗽，恨不得明天就死去。

可是我连感冒都不会得，一直活蹦乱跳地生存着。这么活了下来，我渐渐模糊地认识到自己是什么样的人。

在我马上就要看清的时候，我变得如此焦急，连自己都觉得可怜。

我应该是个美丽温柔的女子，但是四岁那年，邻居家住着一个宛如日本人偶般精致可爱的女孩子，所以我觉得很对不起父母。每次邻居家的孩子被人称赞“好可爱”时，我都会感到特别遗憾。不是因为没人称赞我“可爱”，而是为没人称赞父母的女儿“可爱”而万分遗憾。我明明如此温柔，却没人觉得我是温柔的女子。人人都说我为人坚强可靠，善解人意，而且个性强硬，还有人议论我多管闲事坏心眼儿。一开始我读《灰姑娘》，觉得自己就是灰姑娘，但是后来渐渐在意起周围的目光，重读时又会担心，万一别人觉得我是灰姑娘的姐姐可怎么办。

中学时读《飘》，学校里的男生最爱梅兰妮，所以我很想成为梅兰妮，后来实在没办法，就放弃了。要是成为斯嘉丽·奥哈拉，会因为美貌而遭罪。于是我还是想成为梅兰妮那样的女人，然而总是忍不住像斯嘉丽那样干蠢事。此处我要声明，勾引男人需要用到美色，所以我只能演一下任性反叛的举动。

等我回过神来，已经成了一个性格扭曲的人。

我开始用狐疑的目光打量每个美丽而温柔的女性。

读《源氏物语》，我最喜欢的就是末摘花。

可是身为一个可靠而善解人意的人，末摘花的消极和笨拙让我十分烦躁。这个惹人恼的末摘花该如何是好，何处才有像深爱紫儿那样疼爱末摘花的源氏呀？而且在我刚升上初中的时候，父亲就积极教导我要学一门手艺。他的积极教导只有一句话："你长得不好看，将来是嫁不出去的。"

我相当于中了父亲的奸计。毕竟我长得很像母亲，要勾引一个像父亲这样的男人应该绰绰有余。

好像越说越没有边际了。

回到立场的话题吧。

年月如梦一般闪过，而我并没有经营着梦一样的生活，毕竟天生懒惰，就算有空闲，也只是躺着读书。

若是没有躺着，就把自己肚子里取出来的孩子背在身上，一边烹调意面上的肉酱，一边照旧扮演女版二宫金次郎。

因为无力而放弃了一切事物，没有任何收获，甚至存折上也没有留下半分积蓄，唯有我的立场毅然留存。

近来，我的立场是放弃温柔与美丽，站立在曾经（现在也依旧如此）的贫穷之上。

我已经不会对灰姑娘产生共鸣了，只对曾经贫穷的人感同身受。

而且，我还讨厌其中那些坚强正直、相信明天会更好、流着泪奋战的人，只对深陷贫困，却将嫉妒与扭曲隐藏在阳光态度之下平淡度日的人产生共鸣。

前不久，我读了世家出身、自己是国际化知识分子的犬养道子女士的《一段历史的女儿》。她的祖父是自由派政治家，父亲是白桦派诗人，后来成为大臣。

年幼的她经历了昭和的大变动时期，目睹了祖父被刺杀，与那些有力或无力推动日本投身大战的人亲密接触，是个立场崇高的人。我从她的书中读到了教科书上没有的、赤裸裸的政治实态，并对此深为感激。

她眼看着媒体协助军部展开战争宣传，眼看着一无所知的学友们对其深信不疑，个个化身战争少女，于是对那些没有发现背后政治实态的大众感到了失望。我也对此深有同感。

她后来到索邦大学留学，跻身欧洲学生的行列，能够流利使用拉丁文进行交流。我对此钦佩不已。

每读一页，我都感到气血上涌，想把书砸在榻榻米地板上。

“拽什么拽啊。”接着又拾起书本，读上一页，摔到地板上，又拾起来读。我大喊道：“你除了拽没别的表达能力了吗？除了炫耀没别的表述方法了吗？你站在如此珍贵的历史立场上，若不去刻意炫耀自己的命运，那可就成了很了不起的东西。难道没有一个人帮你纠正这种劣根性吗？太浪费了。”

读完这本书，我立刻跑到书店寻找她的其他作品。那本书讲了她长期生活在欧洲，感叹欧洲人的文化多么高尚，日本人多么无用。这下我变得特别困惑。我实在搞不清她的立场究竟是什么。

她是一个跟我们这些住在宛如鸽子笼的二手现房里，送孩子出去上学的日本人毫无同艰苦共命运之感的日本人。尽管如此，我还是希望明确立场。

“我不想生在日本的顽愚大众之中，不想成为这样的日本人。我是神明选中的人，我的使命就是炫耀自己的命运，劈头盖脸地训斥无用的日本人，并坚持这样的立场。我要从日本大众手中收取版税，住在拥有高级文化的欧洲，并坚持这样的立场。”

强加于手的书本最为烦人。

像蒙古马那般

“珍物田里跳出犬皮，马匹大惊咕隆隆跌倒，红艳艳的水哗哗哗地流。”

这是兄长给我讲的一个特别有意思的故事的结尾。一个乡下人来到城里，学会了城里话，最后就来了这么一段不伦不类的东西，结束了这个有趣的故事。他的意思是：“番薯地里跳出来一只狗，让马受了惊而绊到石头，流了好多鲜红的血。”

我特别着迷这段，恳求兄长“最后那个，最后那个”，想方设法要记住那段话。兄长得意扬扬地重复着“珍物田里跳出犬皮”，在我眼中如同有了超能力。当时兄长八岁，我六岁。家里没有收音机也没有电视机，更别说漫画和电影了。

战争结束那年，我在大连只有高粱、豆渣、寒冷与饥饿，母亲总是出门，把家里的和服和容易脱毛的狐皮领卖给苏联人，然后意气风发地提一袋高粱回来，高声夸耀自己是个多么精打细算的贤惠主妇。那样的母亲真的很美。

唯有母亲一点儿不见消瘦，反倒散发着光芒。

那段时间，父亲则用瘦骨嶙峋的背部靠着暖炉，流着鼻涕翻开印着梦幻插图的书籍，对着光滑的纸张给孩子们念《安徒生童话》。

我们忍耐着饥饿，全神贯注地倾听父亲的声音，其间一言不发。不知是安徒生让我们安静了下来，还是父亲太可怕了，我们不敢作声。总之，父亲试图用这种方式培养我们的情操，而母亲则想尽办法给我们带回食物。爸爸，妈妈，谢谢你们。

然而我想说的并不是这些。这里还要加上“珍物田里跳出犬皮”。我从来不会静悄悄地听“珍物田里跳出犬皮”，心里会充满欢喜和兴奋。我想要的就是那种欢喜和兴奋。

等我也能流利背诵“珍物田里跳出犬皮”时，我得知了兄长的重大秘密。后面那家人撤回日本时，家里小孩儿送给兄长一本写满了字的《无厘头故事集》，我悄悄看了那本书。兄长一直把书藏着，不知是想对我隐瞒“珍物田里跳出犬皮”的出处，还是想瞒着讲安徒生童话故事的父亲。我对兄长大失所望，看到那些装满了有趣故事的铅字，又感到神秘无比。虽然汉字上都有注音，但除了“珍物田”，我都看不太懂。兄长能看懂如此晦涩的书籍，我又一次对他敬佩有加。

因为敬佩兄长早已成了我的习惯。

不知为何，我感觉父亲并不喜欢看我们欢喜兴奋的模样。

不久之后，兄长死了。

兄长死在日本的偏远乡间，那里要走四十分钟的山路才能到学校，途中还有幽灵狐妖和怪物，有河，有木桥，有电车道口，还有一条隧道，甚至有正好适合一头栽下去的悬崖峭壁。

我和兄长高喊着“出现啦”，拼命逃离幽灵的追杀，在狐妖出没的地方假装被缠上，又在桥上往下撒尿，在电车道口练习被电车撞到的光景，探头窥视峭壁之下，发出阵阵呻吟。

兄长死后，那段漫长的道路变得无比乏味。

于是，当我能捧着书本走完那条路时，心里十分高兴。我顶着夏日的艳阳，走在山路上读完了《野口英世》。偶尔抬起头来，修正前进的路线。由于一直在艳阳下走动，我的眼前经常一片煞白，接着变成紫色。

我靠读书忘却了道路的漫长，再也不怕狐妖怪物、悬崖峭壁。

当时几乎没什么书，所以我从不挑剔。母亲不时要我替她归还借来的书本，于是我就兴奋地跳过汉字把那些书读一遍。吉屋信子的《母之曲》，我整整拖了两天才还回去。那是一个寡妇的恋爱故事，结尾不用一个汉字，讲述了放弃恋爱重归道德的结局。我当时只有九岁或十岁，对这个不用汉字讲述的放弃恋爱的结尾感到万分遗憾。在遗憾的同时又觉得理所当然，但是一直无法释怀，于是始终牢记着《母之曲》。当时我已经隐约察觉，把无法释怀的事情牢牢记在心里是我独特的扭曲性格，在如此年幼的时候，就形成了顽固的"脾性"。

母亲得知我没有及时归还《母之曲》，还沉迷阅读，顿时大发雷霆。

母亲极度恐惧我对恋爱产生兴趣。

这是人类母亲普遍怀有的恐惧。

父亲吓唬我："你会瞎的。"果然，我患上了严重的近视和散光。

我身为长女，被迫看护不断出生的弟弟妹妹，去河边洗尿布、打水，做尽了穷人家孩子都会做的苦力。

唯有让河水冲走尿布上的大便时，我心中会涌出爽快的得意感。大便或是浮在水上，或是被冲碎，尽数流走了。

我忙碌于分配给孩子的劳动，时刻惦记着赶快做完，回去看书。

母亲只要见到我看书，就会大骂"懒虫"。

读书是一种怠惰的快乐。

可是，当时真的没什么书，于是我越发饥渴。我渴望的并非文字，而是怠惰的快乐及逃避现实。

多子女的家庭始终没有购买书本的闲钱，于是我在山路上收获了近视和散光后，升上初中便一头扎进了图书馆。上初中时，我搬到了铺着沥青路的中等城市，每天乘电车上学，山路的摇晃变成了电车的摇晃。

打瞌睡时，文字在梦与现实之间不断流动。日本文学全集和世界文学全集里都装满了恋爱，只要我读的是光明正大的全集，不管里面是装着莫泊桑还是《安娜·卡列尼娜》，父母都不会抱怨。他们逐渐成了热衷于孩子教育的人，认为读书能够提高学识，在这个过程中，整个世界趋于安静。孩子都长大了，不会在尿布里大便，可以独自行走，也无须再去打水，只需拧开水龙头就有水出来，就算不到地里拔草，也能在蔬菜店里买到胡萝卜了。

升上高中，我依旧沉迷图书馆。这是因为我有特别强烈的求知欲吗？非也。只是因为我无事可做，又讨厌运动。我最不擅长需要齐心协力、磨炼技艺的竞技项目。

活泼的少女们或迈开纤长的双腿在校园里奔跑，或摇晃硕大的胸脯追逐白色小球，而我则觉得静静地坐着看书更为快乐。

事实上，在现实中体验恋爱的人，远比在书本中阅读爱恋的人更快速而明确地了解了人生。

许多名字都很难记住的陌生国度里的姑娘，还有明治时代安静沉闷的男人从我面前穿过，我在现实中不曾结交过任何对象，眼中只能容下文字。

就这样，我在贫穷中长大成人。

成人之后，我生了孩子，生活变得慌乱，但慌乱之中，依旧不改怠惰的脾性。我只想抓住一切机会躺倒看书。明明有很多事情要做，可我就是想躺倒看书。因为我早就习惯了这种怠惰的快乐。

我读书只是为了打发时间，因为我无法忍受无聊。我又是个天生的懒虫，不愿活动身体，更愿意选择活跃心灵。

因为是打发时间，文字就像背景音乐一般，始终不会变成学识和知性。因为是娱乐，我只需要一时的爽快，并不会将文字积累起来形成我的人格。

我只读自己想读的书，因此极为偏颇，完全不去靠近那些需要仔细琢磨的书本。不仅不靠近，还要抱怨：“能不能写点简单易懂的日语。写出来的东西别人看不懂，不就是为了掩饰自己也不懂吗？”只要有空，我就会找一本晦涩难懂的书籍，毫不讲理地说：“喂喂喂，看我给你把这个地方翻译成人话。”然后随意概括，再嘲笑“知识分子真讨厌”。就这样，我成了在糊弄自己的同时还满心欢喜的卑劣之人。

可是，我没有别的娱乐。

我不喝酒，也不喜欢旅行。跟街坊邻居的关系不怎么亲密，在家长委员会也不爱出头。既没有把家里装饰漂亮的爱好，也没有四处发现美食的耐性。

我逐个击倒了侵袭现实生活的危机，又被打不倒的儿子打倒，筋疲力尽地倒在床上，贪婪地摄取文字，埋头逃避现实。我心情好的时候，能从文字中稍微拜借一点儿深远的哲学，沉浸在高山仰止的气氛中，第二天又对完全矛盾的观点感叹不已，可谓毫无节操。

另外，我也很想看看这些毫无节操地挪用过来的观点能否契合到整天需要打倒各种困难的现实中，发现那只是完全对不上号的假把式。因此，读书对我来说实在全无用处。可尽管如此，我依旧别无其他娱乐。

但是，我却能非常廉价地得到许多感动、感慨、美丽的胸怀和令人震颤的愤怒，也能好似亲眼看见了书中记述的所有，向他人诉说。

我想舒服地躺着，只转动眼睛，心中暗自感到兴奋和欢喜。

只要能感到兴奋和欢喜，无论是恋爱，是《书的杂志》，还是海明威，于我而言都没有区别。

默默流泪时，我感到了无上的兴奋和欢喜。看到有人说出让人愤愤不平的话，我也会兴奋而欢喜地愤愤不平，同时舒服地躺着。

可是几年前，有件事让我毛骨悚然。我读了一个讲述野马“大奇”的故事。这匹野马从英国出发，不畏路途遥远，不惜漂洋过海，最终回到了故乡蒙古，真是太令人感动了。我这人眼窝很浅，读完已是泪流满面。

然后，我就想成为那匹蒙古马。读书突然成了无比空虚的行为，我多想放弃读书，成为一匹蒙古马经历生死。

如果能活得像一阵疾风，没有必要读半本书，那该多好呀。

我真想变成一匹马。

背靠着火炉，吸溜着鼻涕讲《安徒生童话》的父亲，他是一个面对儿女五人，除了讲《安徒生童话》外别无他法的、混乱时期的日本男人。

他是一个为孩子打开非现实的美丽世界的大门，让妻子去换取高粱米的人。

他的妻子浑身散发着光芒，机警智慧地与苏联人交战，手捧高粱和豆渣，活着回到家中。

这不就像蒙古马一样吗?

总比死在溺爱中好

在莲花池

我不时受到惊吓，出一身冷汗，然后慌忙摸摸脚，或是盯着手看。这真的是我的脚、我的手？我感到震惊而目眩，因为自己竟一直好好吃饭，让手脚完好无损地活到了现在。

我仔仔细细地把图画和文字组合起来，做成印刷物，收取酬劳。我完全无法料想谁会买走它们。

走进书店，那里有数量惊人的书，无论怎么找，都找不到我的书。

光是童书专区，每天就有许多崭新的书被生产出来，与几十年前的长寿畅销书摆在一起，还有数不清的外国绘本。一想到我竟然在这堆书里占了一席之地，并能靠它吃饭，便觉得是个奇迹。人要如何从十千克的米袋里，找寻到其中一颗米粒呢？我感到万分恐惧，从此不再踏足绘本区。

而且，一旦进入非常时期，我的工作就不再有意义了。

因为我做的东西，都不是人类生存的必需品。我竟靠它吃了几十年饭，这难道不异常吗？

虽说如此，我却时常——应该说，每天都在笑，而且也会哭。我还理所当然地认为明天也能吃饱饭。而且，我没有一分钱存款。不，还是有的。我在玻璃罐里存了不少超市找零的一日元硬币。

更可怕的是，我还会想："好想再买一条裙子。"

这难道不应该惊出一身冷汗吗？

莲花池里开满了莲花。

跟我走在一起的美丽的著名童话作家发出了少女一般的声音："呀——"

我们蹲在了莲花池里。

仔细一瞧，莲花池里有"芹菜"。

莲花底下长满了"芹菜"。我十分震惊，拔起了"芹菜"。真是太走运了，把它摘回去，妈妈一定会夸我。我认为，带很多很多食物回家才是人的工作，顿时感觉自己成了正直的日本国民。摘"芹菜"回去得到母亲夸奖，已经是很久以前的事情了。现在摘"芹菜"回去，也不会有人夸奖我。虽然无人夸奖，可是地上长了一大片能吃不要钱的东西，我就再也无法控制自己。

我摘了一大捧"芹菜"，站起来，看见著名而美丽的童话作家捧着莲花站在池中，宛如童话里的人物。我搂着"芹菜"站在那里，俨然撤退回国者的孩子。

东京举办奥运会时，我没有电视机。当时整个日本都沉浸在节日的氛围中，我每天都到不同的人家里去蹭电视看。

女子体操比赛那天，我去了堂姐的公寓。单身白领堂姐在厨房里给腐皮寿司摆盘，还塞给我纸和铅笔打分。那是为了看看我跟裁判的审美有多大差别。我总是看着看着就发呆，不记得打分。每次不记得，堂姐就生气地说："你怎么这么笨。"我一边觉得这算不了什么，一边感叹这个人好认真。于是我们吃着腐皮寿司继续看电视。

"我知道这个人，她叫恰斯拉夫斯卡，对吧？好漂亮呀……"

我说："日本人太吃亏了，就算技术再怎么好，也比不过那些身材比例好的美女。"堂姐瞪大了眼睛，毫不相让地说："怎么可能，体操才不是那种东西。不能那样评判。"

"谁说不可能了，很多裁判是男的啊。"我这个丑女的心灵就是这么扭曲。

我俩最终决裂，我扔下吃了一半的腐皮寿司，留下一句"再也不来了"，用力关上门回家，就这么过去了二十年。

两周前，堂姐出现在我家。

我们俩都对东京奥运会那件事装起了糊涂。

堂姐瞪着我家光秃秃的院子说："种点西红柿吧，还有茄子，再种点南瓜。我看到地上没长吃的就会心慌。咱们去买种子吧。"她真忙。我一路嘀嘀咕咕地跟她去了花店，还买了一把铁锹和两顶草帽。

“我以后每周都过来，今年你就不愁没蔬菜吃了。还得种棵树，种棵果树吧。一定要长出能吃的东西来。我啊，虽然有很多存款，但不在地里种点吃的就心慌。对了，再种点大豆，用来做味噌吧。”

本来空无一物的方形庭院里，沿着围栏种了两棵茄子、两株黄瓜、两棵香菜、三棵番茄，还有将来要做味噌的大豆。

“下周再种上芸豆。”堂姐在草帽下露出了笑容。

“我啊，看到别人运动就生气。特别是看到几个人高马大的年轻男人挥舞球拍追着球跑，我就想夺过球拍，让他们拿着锄头、铁锹下地种田。我觉得他们就该去种吃的。”

我还以为东京奥运会观战那件事已经过去了。

人一上了年纪，就会无底线地回归幼年。身世背景的影响越来越大，并且露出獠牙。

我们已经不会再有繁荣的时代了。就算有，也令人难以置信。我就在那难以置信中生活过来，不时受到惊吓，出一身冷汗，凝视我的双手和双足。

其实我也想站在莲花池里，捧着莲花沐浴夕阳。

年轻人，说了这么多丧气话，真不好意思啊。

你就轻浮一辈子吧，哼。

我喜欢葬礼

我知道这很失礼，但我还是喜欢葬礼。我生平第一次参加葬礼，是一个月大的弟弟死了，而我当时四岁，压根儿不懂葬礼，可能也不理解死亡，只是看到院子里站满了人，心中特别兴奋，又看到堆成小山的葬礼馒头，感到震惊不已。和尚身上的袈裟，是我见过的最为绚烂华丽的衣装。

到了参观祭典时，那种雀跃和悸动又回来了。可是，就算我再怎么天真无脑，也已经成长到了能够理解葬礼的年纪。我换车时，会考虑的唯一常识，就是能否开着这辆车去参加葬礼。我喜欢的葬礼是那种长命百岁、安然逝去之人的葬礼，因为不会有一个人哭泣。前来参加葬礼的人都面带喜色，举止活泼，这样最好。如果遇到这样的葬礼，我真的会兴奋得浑身震颤。

“你好，是我，是我啊。认不出来吗？是厚子啦，啊哈哈哈。”“哎呀。”“认不出来也难怪啊，都十五年没见了吧，好想见见你呀。油屋的大叔刚去世了，你来参加葬礼吧。”“啊，那人还活着啊？”“就是啊，死得有点太晚了，都八十九岁啦。”“那我去。”

我去了久违十五年的堂妹家。到那儿一看，发现那个中年发福的堂妹家中已经来了三个堂妹，个个都穿着制服一样的黑色连衣裙，戴着珍珠项链，七嘴八舌地说：“哎呀，太高兴了，没想到会见到你。”然后，她们纷纷上了我的车。“对了，要给多少香礼啊？”“洋子嘛……”“我不太清楚，就准备了一万日元。”“不用给一万日元这么多啦，反正油屋的大叔人很小气，我奶奶去世他才给了三千日元。你给五千日元就够了。”“就是，平时做人小气，这种时候就会吃亏了。”“他太小气了。不过我觉得啊，小气的人不是大叔，而是大妈，那个大妈才最不行。大叔只是对大妈言听计从。你想啊，那个大妈能说会道，肯定是她把大叔调教成小气鬼的。”“啊，是吗？”“对啊，我觉得大叔本来是个性格很好的人，后来全是被大妈调教的。”“哇，真的呀。”葬礼在山上举行，地点就是我小时候跟家人撤退回日本，挤挤挨挨住了一段时间的房子。大叔的老婆坐在被炉里，顶着一头白发，笑眯眯地看过来。

“你是谁呀？”“我是洋子。”“哦，洋子啊，利一怎么样啦？”利一是我父亲，二十七年前就死了。“阿姨，您节哀顺变。”“唉，不过你是谁啊？”这已经成了一条死亡循环。

我本以为房间里都是幼年朋友们的父亲，没想到幼年朋友们顶着跟父亲同样的面孔，发出了同样的声音，但是仔细一问，那竟是他们的儿子，所以说亲戚真令人毛骨悚然。治丧委员会主任是堂妹的父亲，他也是村中老人会的会长。“故人享年八十九，是老人会第三年长的成员。现在，老人会只剩下十三名八十岁以上的成员，若加上七十岁以上的成员，合计二十四人……”光是数年龄就很有趣了。

走进厨房，村中妇女会的人一边洗碗一边谈论：“梅屋的老太太已经一百岁啦，一百岁。那家的媳妇只剩下三个了，到现在还闹婆媳矛盾，仨人一块儿闹婆婆。你猜都是谁赢？那个一百岁的婆婆！最后老太太说，她才是第一个嫁到这家来的人，把七十二岁的佳奈都说哭了。她都一百岁了，还能穿针呢。”“还能再活个三四年吧。”“我看行。”“老太太已经忘了怎么死了。”到火葬场去，相当于一趟远足。

看到山间火葬场飘出的一缕白烟，谁也没有哭泣。

堂妹坐在休息室里，盯着茶杯说：“果然是粗茶，肯定是最便宜的那种。我妈去世的时候，提供的茶水可都是黄澄澄的。你瞧，池屋的老太太笑得这么欢，早就彻底糊涂了。”“那人是谁啊？”“怎么，你连朝彦都不认识啦？哦对，他头发都没了。”晚上，我在父亲是治丧委员会主任的堂妹家里睡了。那座房子门前有棵巨大的松树。刚要睡下，醉醺醺的治丧委员会主任就一屁股坐在我枕边说："洋子，快起来。"他今年八十一岁了。"洋子，我到这把年纪啊，算是彻底想清楚人最重要的是什么了。是爱。"我从八十一岁的治丧委员会主任口中听到"爱"这个字，顿时跳了起来。别担心，叔叔。"人总要到死的时候，才能证明自己的价值。洋子，你知道这个价值体现在什么上面吗？那就是香礼。今天那个大叔的香礼有一百一十三万两千日元。一个干到了村长位置上的人，值一百一十三万两千日元。我家老太太值一百六十万日元。她可是女的，还是农民，而且是五年前，物价跟现在不一样。这个差距就是爱的差距。大叔没有人望啊。"八十一岁的治丧委员会主任兀自念念有词。

"爸，梅屋的久叔和我老叔是不是都给香礼了呀？"堂妹似乎更在乎爱的具体性。

次日天气放晴，人们聚集在大松树的树荫下。

"从这儿看过去，油屋的柿子树好大啊。看着好像房子越变越小了。"

"油屋的大叔也够坏的，整天只知道装模作样地咳嗽，都不跟人说话，一个劲儿地作威作福。他啊，就是老婆找得好，不好说的话全让老婆说了。""就是。别看歌奶奶一副霸道的模样，那都是她老头儿教的。老头儿自己就只管咳嗽，装好人。""歌奶奶是个好人。"男人和女人的评价截然不同，不过这倒也算不上奇怪。到底是女人对女人苛刻，还是男人对男人挑剔呢？不，可能是女人对男人心软，男人对女人纵容。那些聚集在大松树下，落座外廊边缘的男人，顿时显得无比温柔。

我又拉了一车堂妹，离开了快乐的葬礼。

我正小心翼翼地开着车，穿行在村中房屋之间，一个堂妹说："啊，是梅屋的老太太。"

"在哪儿？""现在还看不见，她贴在拐角处的石墙边上呢。""你怎么知道？""石墙那块儿传来了老太太的气息，你瞧。"果然，梅屋的老太太张开双手，紧紧贴在石墙边上，瞪视着道路。

"老太太，您要保重，咱们下次再来！"堂妹们挥着手说。

"她在干啥呢？""看什么时候什么人走了。洋子，下次啥时候能见面啊？""下次又是谁的葬礼呢？"

我喜欢葬礼。

总比死在溺爱中好

人与人的相逢，也是一种才能。

我认为，自己虽然别无所长，却唯独具有相遇的才能。

在背带裙外面套上围裙画素描的美智子，从十八岁那年起就一直陪伴着我这个不着边际的人，直到现在依旧狠狠瞪着我说："你啊，进了养老院肯定也会往我身上泼尿。"

我心中有点不安，害怕自己真的会那样。

二十一岁那年，我第一次谈恋爱。

一天，她给我一张戏票，请我一起看戏。我打电话给她："再给我一张吧。"过了一个小时，我又打了电话。"对了，你别跟我穿一样的呢大衣过来。"又过了一个小时，我打了第三通电话。"今天可能是关键的一天，等会儿看完戏，你让我们两个人独处吧。""真受不了你，知道啦，讨厌死了。"

幕间休息时，她来到装模作样吸烟的男人和羞涩的我旁边，小声说："这男的不错啊。"后来，她离开剧院往车站走，对我们大喊："我要去朋友家，先走啦。"

接着她又贴到我耳边说："这样可以吧。"

果然，那晚是关键时刻。

后来，她在我不知情的情况下，略晚一些迎来了关键时刻，接着，我们俩都成了带孩子的女人，彼此在生活中成了理所当然没有自由的日本国民。原本扎着马尾辫、脚踝纤细、套着纯棉短袜的少女，如今面对比自己高出许多的儿子，或是岿然不动，或是战战兢兢。

我是个任性的人，在我对生活示弱的时候，她虽然身处远比我更复杂的人际关系中，却比我更坚韧强大，还比少女时代更加温柔。

那种温柔里，还蕴含着二十年的毒辣。

"我跟你说，我真是太累了，现在我只爱你一个人。"听见她在电话那头笑着说出这句话，我因她的疲惫联想到自己的疲惫，顿时很想哭，却也只能用笑声赶走眼泪了。

一天，读到报纸上刊登的短歌投稿，我笑出了声。

然后我打电话念给她听。

"你听我念哈。'平日每每遭人嫌，也有六枚贺年卡。呜呼我的好朋友，我要格外珍重之。'"

她马上回了一首短歌。

"'平日每每遭人嫌，余生无趣何苦哉。呜呼我虽不想活，倒也好过溺爱死。'这个你听过吗？"

摩托车是男人的交通工具

有段时间，我很想骑摩托车出去爽爽，但那就像转瞬即逝的偷腥，很快被我遗忘了。现在听人提起此事，我都会说：“啊，还有这种事？”同时抹一把脸，心中略感羞涩。

我算是彻底明白了，摩托车是男人的交通工具。倒不是因为体力或结构的问题。那是与世界相接的方法不同，是生存方式与感性的不同。

摩托车开起来特别爽。正因为时刻抱有翻车了可能会死的恐惧，才会生出一种悲壮感。风打在脸上，令面部肌肉僵硬，若是开到时速八十公里，略微苍老的面皮还会迎着风猎猎作响，再遇上下雨，就会连内裤都湿透，若不管不顾地继续向前冲，油箱跟裤子之间的积水就会发出“啪嚓啪嚓”的声音，特别爽快。冬天开车很冷，手指头会被冻成握住车把的样子，僵硬得宛如雕刻。尽管如此，骑手还是得意扬扬。再加上那身打扮又张扬又夸张。最重要的是，骑摩托车会让人产生一种生理上的兴奋（并非性兴奋）。风景瞬间消失在后方，就像用一种无法负起责任的速度宣告离别。

而且摩托车只能一个人骑，强迫你咬牙坚忍，何其爽快，何其舒畅。

男人们异口同声地说："毕竟摩托车的魅力就是男人的孤独感啊。那就是人生啊。"

"啊？"我不由得大惊。

男人的孤独，就是那个样子吗？那可太舒服了。

原来那种孤独充满了悲壮和坚忍，还能沉浸在生理的快感中吗？

而且，不顾一切装酷到最后，也是玩摩托车的条件之一。

还有50毫升面对750毫升要屈辱认输的等级制度。

原来，男人的人生就像飙摩托车吗？

真好啊。男人的孤独原来就是一路狂奔啊。翻车可能会死的悲壮感，真让人陶醉啊。风景绝美而飞快地向两边流动，让人无从负起责任。

女人的孤独，是始终蹲守一地的孤独。窗外的风景从不改变。那是在地面生根、无法动弹的孤独，是等待母亲、等待孩子、等待死亡的孤独。

如果女人轻飘飘地蹦跳起来，她的形态纵使是女人，也不再是女人。

如果沉浸在翻车可能会死的悲壮感中，便会让人为难。因为她从一开始就蹲伏在地，不存在悲壮感这种豪爽之物。

田中角荣[①]就跨坐在750毫升的摩托车上得意地风驰电掣，米开朗琪罗和拿破仑也都曾志得意满地在摩托车上生存、死去。

① 日本政治家、建筑师。

被褥是一生的伴侣

国定忠治[①]在月下高举虎彻，这样说道："我这一辈子，多亏了你这可靠的好伙伴。"

不管是画笔、铅笔还是其他能用来画画的东西，我都抓过来换饭吃，然而从未产生过"笔胜于剑"的想法。

不过，我也有一样东西堪称"这辈子多亏了你这可靠的好伙伴"，那就是被褥。

学生时代，我有个英勇的绰号——次郎长，可能因为我比较英勇。尽管如此，我应该还是躲不过那个年龄绝望、贫穷、失恋的俗套，只是已经记不太清了。我浑身无力地趴在鼻涕虫出没的四叠半[②]房间里，慌慌张张拽出被褥，在二十岁的日记里写下："唯有被褥才是我的伙伴。"

我把被子盖过脑袋，整个人缩成一团，顿时感到无比舒适。若是在冬季，只要窝在那里一动不动，就格外暖和。被

① 日本江户时代后期的侠客。下文的"虎彻"指刀剑。

② 约7.3平方米。

褥成了全世界，将我包裹其中，我总算能放下心来，忍住遗憾、泪水和孤独。被褥里的我越是不幸，包裹我的被褥就越是温柔。只要有了被褥，我就能活下去。所以，就算变成乞丐，我也要背着被褥去行乞。就这样，我活过了几十年的岁月。几十年来，我没有一天不钻进被褥。我奋力拍松被褥，直到分娩阵痛袭来的那一刻，还在埋头缝制粉色与白色格纹的被面。即使出现了轻量的尼龙被，我依旧迷信棉花被，连到我家里来玩的朋友的孩子都抱怨："我再也不去那里睡觉了，被子好重，好累。"只要遇到无法忍受的痛苦，我就会蜷缩在被褥里。然后，我会越发深刻地感叹被褥的可爱。一天，西装革履的年轻男人拉了一车羽绒被过来推销："羽绒被大特卖，机会只有现在。"我一直以为只有童话里的公主才会盖羽绒被，但是听说隔着两扇门的邻居家夫人也用二十个月分期买了一床，我便跟她走了过去，在几张连着的薄纸上盖了章。从那天起，我就在羽绒被里堪所难堪、忍所难忍。相比棉花被，我的不幸更加甜美。像青蛙一样将羽绒被夹在双腿之间时，我也不忘轻轻抚摩它，念念有词道："真是个好孩子。"

翻开存折，上面印着什么金融，我心中奇怪，仔细一想，原来羽绒被的分期还没还完。

它可是"一辈子的可靠好伙伴"，分期算什么。下回我还要盖蚕丝被，从中获得活力，再也不怕什么金融。

那个被老公使唤了二十年，整天踩缝纫机帮补家用的小文，你这辈子的好伙伴既不是老公也不是缝纫机，是被褥。那个被每天吃牛排的强壮老头儿欺负的美智子，你的好伙伴不是体重七十五千克、身高一米七的儿子。那个最爱的儿子变成了不良少年，心里有苦说不出的信子，只要有被褥，你明天就还能撑下去。大家一起盖上棉被，加油吧。

握紧听筒

我离开了一个月。

当我提到要离开一个月，至少两个女人对我说：“那怎么行，你不在我都不知道该怎么办了。”只可惜我不是男人。我最惦念的男人，一听说我要离开，就两眼放光地说“再多走几天也可以哦”，还露出了近来最灿烂的笑容。那人就是我儿子。

我气喘吁吁地回到家，电话立刻响了。

“你怎么才回来啊，我都住院了，十天，整整十天啊。而那个男人一次都没来看过我，你觉得这能理解吗？出院之后，我质问他为什么不来看我，结果他说看一眼又不能早几天好，让我安静养病才是最大的好意。可是我住在八人间啊。纪美子还送了我一万日元的花束。”

“你怎么知道是一万日元？”

“这么大一把，怎么也得一万日元。结果因那束花让我获得了所有人的尊重，室友都惊叹齐藤女士竟然是能收到这么大一束花的人物啊。所以我跟他说，就算你不来，至少也送一束花啊。”

“然后呢？”

“他说他身体很健康，没有生过病，所以不懂这些。还说：‘要送花啊，好，我记住了，下次送你十万日元的花，你再去医院住两天吧，快去吧。’说着就蹭过来毛手毛脚了。”

“哦。”

“我当然说了别这样。”

“让他摸摸又没什么。”

“那怎么行。你猜他后来说什么？他说：‘要是我送了十万日元的花，你肯定会说干吗要花十万日元买花，不如折现好了。’你听听这是什么话。不过仔细想想，我的确会这样说。所以我就说，请你先试试我会不会这样说，然后再送。我觉得啊，还是应该跟他分手，不然以后老了该怎么办。”

“等你找到下一个就分呗。”

“那当然了，所以我们聊了两天这个话题。结果他说：‘这样我也会高兴。一想到我无法保障你的将来，我心里就特别难受。你应该得到幸福。’然后你猜他说什么？他说‘请你一点点跟我分开，不要说明天就分手’。”

“哦，他很诚实啊。”

“我斩钉截铁地说，说了从明天开始就要从明天开始，结果他说：‘啊，你现在开始找对象，肯定只能找到五十几岁的老秃子，这也行吗？’我就回答他，不管是老秃子还是老胖子，只要能来看我就行。因为想到以后老了，只能找那样的人啊。结果他说：‘那种人肯定那方面不行，到时候我随时奉陪。’说着又要来摸我。这人到底神经有多大条啊。我说你别乱摸，这正谈分手呢。他又说，那我们就变成电影里的人，两个人都变成另外的人吧。”

“啊哈哈哈哈，他肯定不会跟你分手，你们会这样过一辈子，到了八十岁，他还是会对你毛手毛脚。”

“不啊，这回不一样，我得考虑以后怎么养老啊。”

“什么这回不一样，你都跟他在一起六年了，从一开始就像坏掉的唱片一样，反反复复说这句话。”

“不对啦，后来啊，我决定换一种风格。既然我要过平凡的人生，就要变成平凡的人，就找川边幸子美容室的川边老师去烫发了。她问我要弄个什么造型，我就直说了，请给我弄个斩男造型。”

“真受不了你。”

“她也很无奈，说自己干了这么多年，还是头一次听客人这样说。”

“你这样一点都不平凡。”

“就是啊，结果我现在的发型简直不堪入目。看来平凡真的不适合我。”

“男人怎么说？”

“他说，‘无论你怎么挣扎都没用，反正不可能’。说完又来摸我了。我想过了，他不来医院看我肯定是因为摸不到我。唉，丑女真是亏大发了，丑女老后真是太亏了。”

“你啊，想靠发型去勾引男人，实在是太蠢了。哪有蠢货会因为这个上钩啊。”

“就是啊，你猜他怎么说？他说：‘要是你嫁人了，我就把这里打扫干净，一直等着你，什么时候厌烦了就过来，任何时候都能回来。’可是啊，这座房子是我的房子啊。你说我该怎么办？我现在就担心养老问题。”

“你们肯定要这么闹一辈子了。”

“是吗？你还好吧？”

“别虚情假意了。”

“也对，那我挂啦。”

她所谓的没了我不行，说白了就是把我当成垃圾桶，或者梦幻岛啊。

“你回来了？”又有人打来电话。

“回来了。”

“我一直扳着指头数日子呢。一想到你肯定不想回来，肯定乐不思蜀，我就特别得意，心想你真是活该。回来得好。”

“你家那位神气老头儿怎么样？”

“神气极了，他怎么这么精神啊，搞不好我先死了。老人问题不存在什么共生共荣，要么两败俱伤，要么决一生死，不存在中间状态。我已经筋疲力尽了，肯定活不到老的。”

“我觉得不太可能，你应该没那么好的运气，肯定还得拖好久才死。”

“我也有这种预感，而且但凡坏事，我的预感就会应验。玲子真好啊，不用担心自己养老的事情。我连自己能否撑过现在都没有自信。”

“还不是抱怨着、抱怨着就顽强地挺过去了，要不你吃点牛排吧。”

“老头儿昨晚吃了两大块，连我那份都吃了。过段时间我去看你。”

“嗯。”

啊，生活又开始了。

“姐，昨天妈打电话来，还哭了……咋办啊？”

咋办呢。

连我也想给哪座梦幻岛打个电话了。

在美妙的秋日晴空之下莫名怀念人的温暖

早上起来，秋高气爽。话说回来，每年都会有这么几个天气特别美妙的日子。我看着前方公园里渐渐稀疏的榉树，感觉小时候好像每天都是这样的好天气。想着想着，我就会越来越不高兴。天气中等的时候，正适合一鼓作气洗衣晾晒，生活节奏尽在掌控中。身在这美妙的秋日晴空之下，我会不由自主地感到寂寞，失去了全身的力气，莫名怀念人的温暖。

一时心血来潮，我花了两个小时去找十年未见的少时朋友。这十年来，道路两旁彻底变了模样，于是我的心情越发糟糕了。怎么能不声不响就随便开一家装模作样的咖啡店呢。我还误闯了陌生的庭院，再也无法掉头出来了。

十年前的朋友一个劲儿大笑着拍了拍我的肩膀。朋友站在院子里那座玻璃工房的橙色火焰前，一排排玻璃作品向我诉说着我不知道的年月。我不禁想，我的十年是否也会突然从什么地方冒出来呢？与我儿子同龄的朋友的儿子，背负着十年的空白，高高大大，走了出来。

她丈夫回来了。“真是岁月不饶人啊，你都老了这么多。”他笑着说。

我们沐浴着玻璃工房的火光吃了晚餐。她的儿子用左手拿筷子。我想起他五岁时已经是个左撇子了，现在长到十五岁，左撇子似乎已经成了他人格的一部分。我着迷地看着他用左手夹起柳叶鱼。

“洋子，你抽太多烟了，这样不行的。”朋友说。

“那边篮子里装着戒烟糖。”她老公指着窗边的篮子说。

“啊哈哈哈，全都化掉粘在一起了。”

“啊哈哈，都放了一年了。”

“都一年了呀。”

夫妻俩对着粘连的戒烟糖哈哈大笑，我感到一阵温暖的洋流注入心中。能为一颗化掉的糖欢笑，那是何等的幸福。

一条壮硕的黑犬咬了我的屁股。我回过头去，小腿肚也被它咬了。我到浴室里露出屁股，朋友还没查看我的伤口就笑了起来。因为我穿了一条红色毛裤。

“糟糕糟糕，出血了。”朋友叫道。“洋子今天穿了条红毛裤呢。用哪个药？”“灰色白盖子那个。”

我被狗咬了屁股，心情却越来越好。回答“灰色白盖子那个”的朋友的丈夫，还有对着红毛裤也能笑起来的幸福，这些就像恰到好处的天气一样，让我有了精神。

唰地消失

我认为，“你想变成什么样的大妈”这种问题很不着调。因为我差不多就是个大妈了呀。这位妹妹你听好了，大妈不是有一天摇身一变出现的，而是从二十四岁这个青春时节开始一点一点转变的。不，就连在五岁的女孩子身上，也能看出那孩子八十岁的模样。换言之，一个人只可能变成像自己一样的大妈。

我将以我的模样，变成一个大妈。

小时候看父母脸色（虽然我是个很不听话的孩子），结婚后与对象同调（虽然没怎么努力），为了孩子当上披头散发的母亲（虽然披头散发并不能使能力提升），总之，我一路努力适应这个世界。好几十年。这还不够吗？孩子长大成人了，唯独这次，我要活得随心所欲。

我不会再让儿子近身，哪管媳妇是什么坏坯，那不都是你自己选的人吗？太好了呢。你可别让孙子黏糊糊的手碰到那个地方哦。

腰腿可能已经不利索了。我开着张扬的跑车，因为怕冷而裹上袄子和棉裤，到六本木的电影院去看电影。如果可以，我还想跟小男朋友手牵手，一边喝牛奶咖啡一边光明正大地争论："你不觉得那个女演员选错了吗？再说她的胸也太大了。""不会啊，我觉得那是个很棒的女演员。""哦，你是喜欢她的胸吧，好啦，知道啦。"

要是没了邀稿，我就随心所欲地画自己喜欢的蹩脚绘画，再心血来潮地写写科幻小说。要是科幻小说需要太多科学知识，我就写犯罪小说，把那些想杀掉的人一个个挑出来，全部碎尸万段。听说老了还会对吃变得异常执着，我哪怕花上一整天时间也要做一大锅芋头杂菜饭，吹着气吃下去。到时候肯定没什么钱，我就兀自认同"美食对身体无益"的说法。因为天生嘴巴毒辣，年轻人就会嫌弃"那老太婆一点儿都不可爱"。这可是我深思熟虑的好意。如此一来，等我死了，就不会有人有"早知当初该对她好一点儿"的遗憾了。

不过，要是我先得了痴呆症，那一切决心和计划都会打水漂，所以任何决心和计划都不算有效。我现在只留神一件事情，那就是摒弃物欲。人死之后留下的东西，哪怕是一点点金钱，也会让身边的人不得不抽出精力去处理。要是我死去的瞬间，周围所有纸屑裤衩都唰地消失，没入地底，那该多好啊。

后 记

我自诩绘本作家，靠卖绘本为生。也曾写过一些童话，若是一直写下去，将来或许能在名字后面加上“童话作家”几个字。我为数不清的童书创作过插画。

不通晓内情的人可能会以为，绘本作家都穿着粉红色荷叶边的洋装，每天吃花瓣、喝露水，从来不说别人坏话。我曾见过内心无比温柔的人，见到我放声大笑，凑过去听别人开黄腔，就对绘本作家和绘本都大失所望。每逢有人对我说：“您这是一份带着梦想的美妙工作呢。”我就会格外无所适从。

事实上，我是一个再普通不过的、过分散文化的人，别人有的忧患意识和现实生活的喜悦，我一样都没落下。我带着轻浮的喜怒哀乐，或哭或笑地走过了任谁看来都不会羡慕的平凡的日本人的人生，而且仔细想想，多数时候都过得令人羞耻，有时候特别厚脸皮。

我想坦白这样的自己。如果可以的话，悄悄地说出来。

我也不知道自己为何要悄悄地说。我感觉，要悄悄地坦白，选择《书的杂志》最好。那就好像静静躺在书店里，怀才不遇的杂志一般。

我觉得，将这些坦白出来，会对身体有好处。是否真的对身体有好处，我现在也不知道。

我喜欢创作绘本的工作，也希望在死之前多创作一些绘本。不怕丢脸地说——不，明知丢脸我还是要说，我也有缩在被窝里燃烧着野心，誓要超过宫泽贤治的夜晚。一边绝望于自身的才能，一边拖着不如意的生活前行。凡人就是如此啊。

家里的猫打架输了，拖着光秃秃的后腿浑身无力地回到家中。它活了十一年，这还是头一次败下阵来，所以格外消沉，窝在房间一角，偷偷舔着血肉模糊的后腿。

我猛地跳起来，故意不去看它的伤口，带它去了医院。

医生带着无情的现实主义者的目光，用剪刀剪开伤口，还说："这只猫不太能打啊，后腿受伤了。"

"它活了十一年，从来没输过。我觉得应该是年纪大了。"这只猫在十一年的岁月里，每到发情季节，就跑到我不知道的地方，发出宛如婴儿夜啼的诡异叫声，全身毛发参开，只为了一只母猫，拼上自己的性命。我虽是一个平日里不耐烦它挡道，一脚把它踢开的人，但听见别人说三道四，心里还是会生气。“他好没礼貌啊，收人家四千七百日元，还要骂人家的猫不能打。不过那个医生很受欢迎呢，我看到那么漂亮的牧羊犬，那么黑亮的大狗都在那儿排队。不知道为什么，牵着狗的人是个很像少女漫画主人公恋人的英俊潇洒的男孩子呢。”“啊，你明天还去吗？”“要去要去。”“我明天帮你抱咪咪过去。喂，你说穿什么好啊？”“你这蠢女人，明明有老公了。”不知这凡人的生活，是否还会持续下去。

这篇后记写得有点奇怪呢。

上原编辑，谢谢你。能在书的杂志社出书，我很高兴。

一九八五年六月

图书在版编目（CIP）数据

可不可以不努力 / (日) 佐野洋子著 ; 吕灵芝译 .
-- 福州 : 海峡文艺出版社 , 2021.7
（佐野洋子作品集）
ISBN 978-7-5550-2583-2

Ⅰ . ①可… Ⅱ . ①佐… ②吕… Ⅲ . ①随笔－作品集
－日本－现代 Ⅳ . ①I313.65

中国版本图书馆 CIP 数据核字 (2021) 第 051474 号

GANBARIMASEN
by Sano Yoko
© 1985 JIROCHO, Inc.
Original Japanese edition published by SHINCHOSHA Publishing Co., Ltd.
Chinese (in Simplified character only) translation rights arranged with SHINCHOSHA Publishing Co., Ltd. through Bardon-Chinese Media Agency, Taipei.
Chinese (in Simplified character only) translation copyright © 2021 by United Sky (Beijing) New Media Co., Ltd.
All rights reserved.

著作权合同登记号：图字 13-2021-004

可不可以不努力
〔日〕佐野洋子　著；吕灵芝　译

出　　版：海峡文艺出版社
出 版 人：林滨
责任编辑：蓝铃松
编辑助理：张琳琳
地　　址：福州市东水路76号14层　邮编350001
电　　话：(0591) 87536797（发行部）
发　　行：未读（天津）文化传媒有限公司

选题策划：联合天际 · 文艺生活工作室
特约编辑：张雪婷
装帧设计：compus · 汐和
美术编辑：程　阁
封面绘图：佐野洋子

关注未读好书

印　　刷：三河市冀华印务有限公司
经　　销：新华书店
开　　本：787毫米×1092毫米　1/32
印　　张：9.5
字　　数：170千字
版次印次：2021年7月第1版　2021年7月第1次印刷
书　　号：ISBN 978-7-5550-2583-2
定　　价：55.00元

未读 CLUB
会员服务平台

本书若有质量问题，请与本公司图书销售中心联系调换
电话：(010) 52435752

未经许可，不得以任何方式
复制或抄袭本书部分或全部内容
版权所有，侵权必究